仿佛从地下深处爆发出一股无比强烈的生命力，

向上，向上，向上，欲与天公试比高，

真能使懦者立怯者强，给人以无穷的感染力。

山上苍松翠柏，杂树成林，无论春夏秋冬，总有翠色在目。

每到春天，和风一吹拂，便绽开了小花，小花开得淋漓尽致，气势非凡。

每到春天，我在悲愤、惆怅之余，唯一的一点儿安慰就是幽径中这一棵古藤，
每天走在它下面，嗅到淡淡的幽香，听到嗡嗡的蜂声，
顿觉这个世界还是值得留恋的，人生也不会是荆棘丛。

千里松海，尽收眼底，令人逸兴遄飞，心旷神怡。

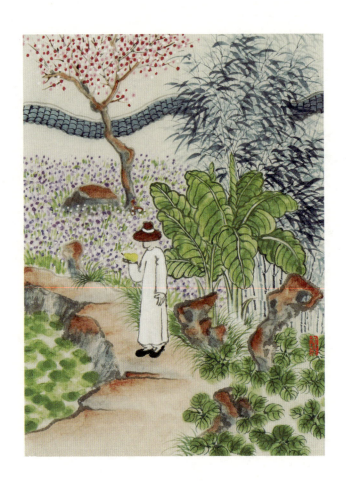

我觉得在世态炎凉中还有不炎凉者在，这一点儿暖气支撑着我，走过了人生最艰难的一段路，没有坠入深涧，一直到今天。

我一下子清晰地意识到,
原来这种十分平凡的野花竟在我的生命中占有这样重要的地位。

花美，地方也是，湖光如镜，杨柳依依，
说不尽的旖旎风光，人在其中，
顿觉尘世烦恼，一扫而光，仿佛遗世而独立了。

万榕

传播新知 优美表达

过好这生活

季羡林——著

北方联合出版传媒（集团）股份有限公司
万卷出版公司

ⓒ　季羡林　2021

图书在版编目（CIP）数据

过好这生活 / 季羡林著 . — 沈阳：万卷出版公司 ,2021.8

　　ISBN 978-7-5470-5663-9

　　Ⅰ . ①过… Ⅱ . ①季… Ⅲ . ①散文集—中国—当代
Ⅳ . ① I267

中国版本图书馆 CIP 数据核字（2021）第 125659 号

出版发行：北方联合出版传媒（集团）股份有限公司
　　　　　万卷出版公司
　　　　　（地址：沈阳市和平区十一纬路 25 号　邮编：110003）
印 刷 者：河北赛文印刷有限公司
经 销 者：全国新华书店
幅面尺寸：145mm×210mm
字　　数：183 千字
印　　张：9.25
出版时间：2021 年 8 月第 1 版
印刷时间：2021 年 8 月第 1 次印刷
选题策划：王会鹏
责任编辑：李　明
版式设计：任展志
封面设计：任展志
责任校对：尹葆华
插画绘制：老　树
ISBN 978-7-5470-5663-9
定　　价：49.80 元

联系电话：024-23224081
邮购热线：024-23224481
E－m a i l：wanrongbook@163.com

目　录

一　书卷伴青灯，足迹遍山河

二 万物皆有灵，草木亦有心

三 师友知心相伴，不虚此生

四 岁月温暖绵长，爱亦芬芳

一

书卷伴青灯，
足迹遍山河

我和书

古今中外都有一些爱书如命的人。我愿意加入这一行列。

书能给人以知识，给人以智慧，给人以快乐，给人以希望。但也能给人带来麻烦，带来灾难。在"大革文化命"的年代里，我就以收藏"封资修""大洋古"书籍的罪名挨过批斗。1976 年地震的时候，也有人警告我，我坐拥书城，夜里万一有什么情况，书城将会封锁我的出路。

批斗于我已成过眼云烟，那种"万一"的情况也没有发生，我"死不改悔"，爱书如故，至今藏书已经发展到填满了几间房子。除自己购买以外，他人赠送的书籍越来越多。我究竟有多少书，自己也说不清楚。比较起来，大概是相当多的。搞抗震加固的一位工人师傅就曾多次对我说："这样多的书，我过去没有见过。"学校领导对我额外照顾，我如今已经有了几间真正的书窝，那种卧室、书斋、会客室三位一体的情况，那种"初极狭，才通人"的桃花源的情况，已经成为历史陈迹了。

有的年轻人看到我的书，瞪大了吃惊的眼睛问我："这些书你都看过吗?"我坦白承认,我只看过极少极少的一点儿。"那么,你要这么多书干吗呢?"这确实是难以回答的问题。我没有研究过藏书心理学,三言两语,我说不清楚。我相信,古今中外爱书如命者也不一定都能说清楚。即使说出原因来,恐怕也是五花八门的吧。

真正进行科学研究,我自己的书是远远不够的。也许我搞的这一行有点怪。我还没有发现全国任何图书馆能满足,哪怕是最低限度地满足我的需要。有的题目有时候由于缺书,进行不下去,只好让它搁浅。我抽屉里面就积压着不少这样搁浅的稿子。我有时候和朋友们开玩笑说:"搞我们这一行,要想有一个满意的图书室简直比搞四化还要难。全国国民收入翻两番的时候,我们也未必真能翻身。"这绝非耸人听闻之谈,事实正是这样。同我搞的这一行有类似困难的,全国还有不少。这都怪我们过去底子太薄,解放后虽然做了不少工作,但是一时积重难返。我现在只有寄希望于未来,发呼吁于同行。我们大家共同努力,日积月累,将来总有一天会彻底改变目前情况的。古人说:"前人种树,后人乘凉。"让我们大家都来当种树人吧。

1985 年 7 月 8 日晨

我的书斋

最近身体不太好，内外夹攻，头绪纷繁，我这已届耄耋之年的神经有点吃不消了。于是下定决心，暂且封笔。乔福山同志打来电话，约我写点什么。我遵照自己的决心，婉转拒绝。但一听说题目是《我的书斋》，于我心有戚戚焉，立即精神振奋，又拿起笔来。

我确实有个书斋，我十分喜爱我的书斋。这个书斋是相当大的，大小房间，加上过厅、厨房，还有封了顶的阳台，大大小小，共有八个单元。册数从来没有统计过，总有几万册吧。在北大教授中，"藏书状元"我恐怕是当之无愧的。而且在梵文和西文书籍中，有一些堪称海内孤本。我从来不以藏书家自命，然而坐拥如此大的书城，心里能不沾沾自喜吗？

我的藏书都像是我的朋友，而且是密友。我虽然对它们并不是每一本都认识，它们中的每一本却都认识我。我每一走进我的书斋，书籍们立即活跃起来，我仿佛能听到它们向我问好的声音，我仿佛能看到它们向我招手的情景，倘若有人问我，书籍的嘴在什么地方？而手又在什么地方呢？我只能说："你的根器太浅，努力修持吧。有朝一日，你会明白的。"

我兀坐在书城中，忘记了尘世的一切不愉快的事情，怡然自得。以世界之广，宇宙之大，此时却仿佛只有我和我的书友存在。窗外㵽㵽碧水，丝丝垂柳，阳光照在玉兰花肥大的绿叶子上，这都是我平常最喜爱的东西，现在也都视而不见了。连平常我喜欢听的鸟鸣声"光棍儿好过"，也听而不闻了。

我的书友每一本都蕴含着无量的智慧。我只读过其中的一小部分。这智慧我是能深深体会到的。没有读过的那一些，好像也不甘落后，它们不知道是施展了一种什么神秘的力量，把自己的智慧放了出来，像波浪似向我涌来。可惜我还没有修炼到能有"天眼通"和"天耳通"的水平，我还无法接受这些智慧之流。如果能接受的话，我将成为世界上古往今来最聪明的人。我自己也去努力修持吧。

我的书友有时候也让我窘态毕露。我并不是一个不爱清洁和秩序的人，但是，因为事情头绪太多，脑袋里考虑的学术问题和写作问题也不少，而且每天都会收到大量寄来的书籍和报纸杂志以及信件，转瞬之间就摞成一摞。在这样的情况下，如果我需要一本书，往往是遍寻不得。"只在此屋中，书深不知处"，急得满头大汗，也是枉然。只好到图书馆去借。等我把文章写好，把书送还图书馆后，无意之间，在一摞书中，竟找到了原来要找的那本，"得来全不费工夫"。然而晚了，工夫早已费过了。我啼笑皆非，无可奈何。等到用另外一本书时，再重演一次这出喜剧。我知道，我要寻找的书友，看到我急得那般模样，会大声给我打招呼的；但是喊破了嗓子，也无济于事，我还没有修持到能听懂书的语言的水平。我还要加倍努力去修持。我有信心，将来一定能获得真正的"天眼通"和"天耳通"。只要我想要哪本书，那本书就会自己报出所在之处，我一伸手，便可拿到，如探囊取物。这样一来，文思就会像泉水般地喷涌，我的笔变成了生花妙笔，写出来的文章会成为天下之至文。到了那时，我的书斋里会充满没有声音的声音，布满没有形象的形象。我同我的书友们能够自由地互通思想，交流感情。我的书斋会成为宇宙间第一神奇的书斋。岂不猗欤休哉！

我盼望有这样一个书斋。

1993 年 6 月 22 日

藏书与读书

有一个平凡的真理，直到耄耋之年，我才顿悟：中国是世界上最喜欢藏书和读书的国家。

什么叫读书？我没有能力下定义，也不愿去下定义。我们姑且从孔老夫子谈起吧。他老人家读《易》，至于韦编三绝，可见用力之勤。当时还没有纸，文章是用漆写在竹简上面的，竹简用皮条拴起来，就成了书。翻起来很不方便，读起来也有困难。我国古时有这样一句话，叫作"学富五车"，说一个人肚子里有五车书，可见学问之大。这指的是用纸做成的书，如果是竹简，则五车也装不了多少部书。

后来发明了纸。这样一来写书方便多了；但是还没有发明印刷术，藏书和读书都要用手抄，这当然也不容易。如果一个人抄的话，一辈子也抄不了多少书。可是这丝毫也挡不住藏书和读书者的热情。我们古籍中不知有多少藏书和读书的故事，也可以叫作佳话。我们浩如烟海的古籍，以及古籍中寄托的文化之所以能够流传下来，历千年而不衰，不能不感谢这些爱藏书和读书的先民。

后来我们又发明了印刷术。有了纸，又能印刷，书籍流传方便多了，从这时起，古籍中关于藏书和读书的佳话更多了起来。宋版、元版、明版的书籍被视为珍品。历代都有一些藏书家，什么绛云楼、天一阁、铁琴铜剑楼、海源阁，等等，说也说不完。有的已经消失，有的至今仍在，为我们新社会的建设服务。我们不能不感激这些藏书的祖先。

至于专门读书的人，历代记载更多。也还有一些关于读书的佳话，什么囊萤映雪之类。有人做过试验，无论是萤还是雪都不能亮到让人能读书的程度，然而在这则佳话中所蕴含的鼓励人读书的热情却是大家都能感觉到的。还有一些鼓励人读书的话和描绘读书乐趣的诗句。"书中自有颜如玉"之类的话，是大家都熟悉的，说这种话的人的"活思想"是非常不高明的，不会得到大多数人的赞赏。关于"四时读书乐"一类的诗，也是大家所熟悉的。可惜我童而习之，至今老朽昏聩，只记住了一句"绿满窗前草不除"，这样的读书情趣也是颇令人向往的。此外如"红袖添香夜读书"之类的读书情趣，代表另一种趣味。据鲁迅先生说，连大学问家刘半农也向往，可见确有动人之处了。"雪夜闭门读禁书"代表的情趣又自不同，又是"雪夜"，又是"禁书"，不是也颇有人向往吗？

这样藏书和读书的风气，其他国家不能说一点儿没有；但是据浅见所及，实在是远远不能同我国相比。因此我才悟出了"中国是世界上最喜欢藏书和读书的国家"这一简明而意义深远的真理。中国古代光辉灿烂的文化有极大一部分是通过书籍传流下来的。到了今天，我们全体炎黄子孙如何对待这个问题，实际上是每个人都回避不掉的。我们必须认真继承这个世界上比较突出的优秀传统，要读书，读好书。只有这样，我们才能上无愧于先民，下造福于子孙万代。

1991 年 7 月 5 日

在清华大学西洋文学系

　　当时的清华大学西洋文学系，在全国各大学中是响当当的名牌。原因据说是外国教授多，讲课当然都用英文，连中国教授讲课有时也用英文。用英文讲课，这可真不得了呀！只是这一条就能够发聋振聩，于是就名满天下了。我当时未始不在被振发之列，又同我那虚无缥缈的出国梦联系起来，于是当机立断，选了西洋文学系。

　　从1930年到现在，几十年过去了。所有的当年的老师都已经去世了。最后去世的一位是后来转到北大来的美国的温德先生，去世时已经活过了一百岁。我现在想根据我在清华学习四年的印象，对西洋文学系做一点儿评价，谈一谈我个人的一点儿看法。我想先从古希腊找一张护身符贴到自己身上："吾爱吾师，吾尤爱真理。"有了这张护身符，我就可以心安理得，能够畅所欲言了。

　　我想简略地实事求是地对西洋文学系的教授阵容作一点分析。我说"实事求是"，至少我认为是实事求是，难免有不同的意见，这就是平常所谓的"仁者见仁，智者见智"了。我先从系主任王文显教授谈起。他的英文极好，能用英文写剧本，没怎么听他说过中国话。他是研究莎士比亚的专家，有一本用英文写成的有关莎翁研究的讲义，似乎从来没有出版过。他隔年开一次莎士比亚的课，在课堂上念讲义，一句闲话也没有。下课铃一摇，合上讲义走人。多少年来，都是如此。讲义是否随时修改，不得而知。据老学生说，讲义基本上不做改动。他究竟有多大学问，我不敢瞎说。他留给学生最深的印象是他充当冰球裁判时那种脚踏溜冰鞋似乎极不熟练的战战兢兢、如履薄冰的神态。

再来介绍温德教授。他是美国人，怎样到清华来的，我不清楚。他教欧洲文艺复兴文学和第三年法语。他终身未娶，死在中国。据说他读的书很多，但没见他写过任何学术文章。学生中流传着有关他的许多逸闻趣事。他说，在世界上所有的宗教中，他最喜爱的是伊斯兰教，因为伊斯兰教的"天堂"很符合他的口味。学生中流传的逸闻之一就是：他身上穿着五百块大洋买来的大衣（当时东交民巷外国裁缝店的玻璃橱窗中摆出一块呢料，大书"仅此一块"。被某一位冤大头买走后，第二天又摆出同样一块，仍然大书"仅此一块"。价钱比平常同样的呢料要贵上五至十倍），腋下夹着十块钱一册的《万人丛书》（*Everyman's Library*）（某一国的老外名叫 Vetch，在北京饭店租了一间铺面，专售西书。他把原有的标价剪掉，然后抬高四五倍的价钱卖掉），眼睛上戴着用八十块大洋配好但把镜片装反了的眼镜，徜徉在水木清华的林荫大道上，昂首阔步，醉眼蒙眬。

还有翟孟生教授。他也是美国人，教西洋文学史。听说他原是清华留美预备学堂的理化教员。后来学堂撤销，改为大学，他就留在西洋文学系。他大概是颇为勤奋，确有著作，而且是厚厚的大大的巨册，在商务印书馆出版，书名叫 *A Survey of European Literature*。读了可以对欧洲文学得到一个完整的概念。但是，书中错误颇多，特别是在叙述某一部名作的故事内容中，时有张冠李戴之处。学生们推测，翟老师在写作此书时，手头有一部现成的欧洲文学史，又有一本 Story Book，讲一段文学发展的历史事实；遇到名著，则查一查 Story Book，没有时间和可能尽读原作，因此名著内容印象不深，稍一疏忽，便出讹误。不是行家出身，这种情况实在是难以避免的。我们不应苛责翟孟生老师。

吴可读教授。他是英国人，讲授中世纪文学。他既无著作，也不写讲义。上课时他顺口讲，我们顺手记。究竟学到了些什么东西，我早已忘到九霄云外去了。他还讲授当代长篇小说一课。他共选了五部书，其中包括当时才出版不太久但已赫赫有名的《尤利西斯》和《追忆逝水年华》。此外还有托马斯·哈代的《还乡》，伍尔芙和劳伦斯各一部。第一、二部谁也不敢说完全看懂。我只觉迷离模糊，不知所云。根据现在的研究水平来看，我们的吴老师恐怕也未必能够全部透彻地了解。

毕莲教授。她是美国人，我也不清楚她是怎样到清华来的。听说她在美国教过中小学。她在清华讲授中世纪英语，也是一无著作，二无讲义。她的拿手好戏是能背诵英国大诗人 Chaucer 的 *The Canterbury Tales* 开头的几段。听老同学说，每逢新生上她的课，她就背诵那几段，背得滚瓜烂熟，先给学生一个下马威。以后呢？以后就再也没有什么新花样了。年轻的学生们喜欢品头论足，说些开玩笑的话。我们说：程咬金还能舞上三板斧，我们的毕老师却只能砍上一板斧。

下面介绍两位德国教授。第一位是石坦安，讲授第三年德语。不知道他的专长何在，只是教书非常认真，颇受学生的喜爱。此外我对他便一无所知了。第二位是艾克，字锷风。他算是我的业师。他教我第四年德文，并指导我的学士论文。他在德国拿过博士学位，主修的好像是艺术史。他精通希腊文和拉丁文，偏爱德国古典派的诗歌，对于其名最初隐而不彰后来却又大彰的诗人薛德林（Hölderlin）情有独钟，经常提到他。艾克先生教书并不认真，也不愿费力。有一次我们几个学生请他用德文讲授，不用英文。他便用最快的速度讲了一通，最后问我们："Verstehen Sie etwas davon？"（你们听懂了什么吗？）我们瞠目结舌，敬谨答曰："No！"从此天下太平，再也没有人敢提用德文讲授的事。他学问是有的，曾著有一部厚厚的《宝塔》，是用英文写的，利用了很丰富的资料和图片，专门讲中国的塔。这部书在国外汉学界颇有一些名气。他的另外一部专著是研究中国明代家具的，附了很多图表，篇幅也相当多。由此可见他的研究兴趣之所在。他工资极高，孤身一人，租赁了当时辅仁大学附近的一座王府，他就住在银安殿上，雇了几个听差和厨师。他收藏了很多中国古代名贵字画，坐拥画城，享受王者之乐。1946年，我回到北京时，他仍在清华任教。此时他已成了家，夫人是一位中国女画家，年龄比他小一半，年轻貌美。他们夫妇请我吃过烤肉。北京一解放，他们就流落到夏威夷。锷风老师久已谢世，他的夫人还健在。

我在上面提到过，我的学士论文是在锷风老师指导下写成的，是用英文写的，题目是 *The Early Poems of F. Hölderlin*。英文原稿已经遗失，只保留下来一份中文译文。一看这题目，就知道是受到了艾先生的影响。现在回忆起来，我当时的德文水平不可能真正看懂薛德林并不容易懂的诗句。当然，要说一点儿都不懂，那也不是事实。反正是半懂半不懂，囫囵吞枣，参考了几部《德国文学史》，写成了这篇论文，分数是E（excellent，优）。我年轻时并不缺少幻想力，这是一篇幻想力加学术探讨写成的论文。本章的题目是"学术研究的发轫阶段"。如果这就算学术研究的话，说它是"发轫"，也未尝不可。但是，这个"轫""发"得并不辉煌，里面并没有什么"天才的火花"。

现在再介绍西洋文学系的老师，先介绍吴宓（字雨僧）教授。他是美国留学生，是美国人文主义大师白璧德的弟子，在国内不遗余力地宣传自己老师的学说。他反对白话文，更反对白话文学。他联合了一些志同道合者，创办了《学衡》杂志，文章一律是文言。他自己也用文言写诗，后来出版了《吴宓诗集》。在中国文坛上，他属于右倾保守集团，没有什么影响。他给我们讲授两门课：一门是"英国浪漫诗人",一门是"中西诗之比较"。在美国,他入的是比较文学系。在中国,他是提倡比较文学的先驱者之一。但是,他在这方面的文章却几乎不见。就以我为例,"比较文学"这个概念当时并没有形成。如果真有文章的话,他并不缺少发表的地方,《学衡》和天津《大公报·文学副刊》都掌握在他手中。留给我印象最深的只是他那些连篇累牍的关于白璧德人文主义的论述文章。在"英国浪漫诗人"这一堂课上,我记得最清楚的是他让我们背诵那些浪漫诗人的诗句,有时候要背得很长很长。理论讲授我一点儿也回忆不起来了。在"中西诗之比较"这一堂课上,除了讲点儿西方的诗和中国的古诗之外,关于理论,我的回忆中也是一片空白。反之,最难忘的却是:他把自己一些新写成的旧诗也铅印成讲义,在堂上散发。他那有名的《空轩诗》就是在这种情况下发到我们手中的。雨僧先生生性耿直,古貌古心,却流传着许多"绯闻"。他似乎爱过、追求过不少女士,最著名的一个是毛彦文。他曾有一首诗,开头两句是"吴宓苦爱OOO,三洲人士共惊闻"。隐含在三个O里面的人名,用押韵的方式呼之欲出。"三洲"指的是亚、欧、美。这虽是诗人的夸大,知道的人确实不少,却是事实。他的《空轩诗》被学生在小报《清华周刊》上改写为打油诗,给他开了一个不大不小的玩笑。第一首的头两句被译成了"一见亚北貌似花,顺着秋秸往上爬"。"亚北"者,指一个姓欧阳的女生。关于这件事,我曾在发表在香港《大公报·文学副刊》上的一篇谈叶公超先生的散文中写到过,这里不再重复。回头仍然讲吴先生的"中西诗之比较"这门课。为这门课我曾写过一篇论文，题目忘记了，是师命或者自愿，我也忘记了。内容依稀记得是把陶渊明同一位英国浪漫诗人相比较，当然不会比出什么东西来的。我在最近几年颇在一些文章和谈话中，对比较文学的"无限可比性"有所指责。X 和 Y，任何两个诗人或其他作家都可以硬拉过来一比，有人称之为"拉郎配"，是一个很形象的说法。焉知六十多年前自己就是一个"拉郎配"者或始作俑者。自己向天上吐的唾沫最终还是落到自己脸上，岂不尴尬也哉！然而这个事实我却无法否认。如果这样的文章也能算科学研究的"发轫"的话，我的发轫起点实在是很低的。但是，话又说了回来，在西洋文学系教授群中，讲真有学问的，雨僧先生算是一个。

下面介绍叶崇智（公超）教授。他教我们第一年英语，用的课本是英国女作家 Jane Austen 的《傲慢与偏见》。他的教学法非常离奇，一不讲授，二不解释，而是按照学生的座次——我先补充一句，学生的座次是并不固定的——从第一排右手起，每一个学生念一段，依次念下去。念多么长，好像也并没有一定之规，他一声令下：Stop！于是就 Stop 了。他问学生："有问题没有？"如果没有，就是邻座的第二个学生念下去。有一次，一个同学提了一个问题，他大声喝道："查字典去！"一声狮子吼，全堂愕然、肃然，屋里静得能听到彼此的呼吸声。从此天下太平，再没有人提任何问题了。就这样过了一年。公超先生英文非常好，对英国散文大概是很有研究的。可惜他惜墨如金，从来没见他写过任何文章。

在文坛上，公超先生大概属于新月派一系。他曾主编过——或者帮助编过一个纯文学杂志《学文》。我曾写过一篇散文《年》，送给了他。他给予这篇文章极高的评价，说我写的不是小思想、小感情，而是"人类普遍的意识"。他立即将文章送《学文》发表。这实出我望外，欣然自喜，颇有受宠若惊之感。为了表示自己的感激之情，兼怀有巴结之意，我写了一篇《我是怎样写起文章来的?》送呈先生。然而，这次却大出我意料，狠狠地碰了一个钉子。他把我叫了去，铁青着脸，把原稿掷给了我，大声说道："我一个字都没有看!"我一时目瞪口呆，赶快拿着文章开路大吉。个中原因我至今不解。难道这样的文章只有成了名的作家才配得上去写吗? 此文原稿已经佚失，我自己是自我感觉极为良好的。平心而论，我在清华四年，只写过几篇散文《年》《黄昏》《寂寞》《枸杞树》，一直到今天，还是一片赞美声。清夜扪心，这样的文章我今天无论如何也写不出来了。我一生从不敢以作家自居，而只以学术研究者自命。然而具有讽刺意味的是：如果说我的学术研究起点很低的话，我的散文创作的起点应该说是不低的。

公超先生虽然一篇文章也不写，但是，他并非懒于动脑筋的人。有一次，他告诉我们几个同学，他正考虑一个问题：在中国古代诗歌中人的感觉——或者只是诗人的感觉的转换问题。他举了一句唐诗："静听松风寒。"最初只是用耳朵听，然而后来却变成了躯体的感受"寒"。虽然后来没见有文章写出，他却表示在考虑一些文艺理论的问题。当时教授与学生之间有明显的鸿沟：教授工资高，社会地位高，存在决定意识，由此就形成了"教授架子"这个词儿。我们学生只是一群有待于到社会上去抢一只饭碗的碌碌青年。我们同教授们不大来往，路上见了面，也是望望然而去之，不敢用代替西方"早安""晚安"一类的致敬词儿的"国礼"："你吃饭了吗？""你到哪里去呀？"去向教授们表示敬意。公超先生后来当了大官：台湾的"外交部部长"。关于这件事，我同我的一位师弟——一位著名的诗人有不同的看法。我曾在香港《大公报·文学副刊》上发表过的一篇文章中提到此事。此文上面已提到。

再介绍一位不能算是主要教授的外国女教授，她是德国人华兰德小姐，讲授法语。她满头银发，闪闪发光，恐怕已经有了一把子年纪，终身未婚。中国人习惯称之为"老姑娘"。也许正因为她是"老姑娘"，所以脾气有点变态。用医生的话说，可能就是迫害狂。她教一年级法语，像是教初小一年级的学生。后来我领略到的那种德国外语教学方法，她一点儿都没有。极简单的句子，翻来覆去地教，令人从内心深处厌恶。她脾气却极坏，又极怪，每堂课都在骂人。如果学生的卷子答得极其正确，让她无辫子可抓，她就越发生气，气得浑身发抖，面红耳赤，开口骂人，语无伦次。结果是把百分之八十的学生全骂走了，只剩下我们五六个不怕骂的学生。我们商量"教训"她一下。有一天，在课堂上，我们一齐站起来，狠狠地顶撞了她一番。大出我们所料，她屈服了。

从此以后，天下太平，再也没有看到她撒野骂人了。她住在当时燕京大学南面军机处的一座大院子里，同一个美国"老姑娘"相依为命。二人合伙吃饭，轮流每人管一个月的伙食。在这一个月中，不管伙食的那一位就百般挑剔，恶毒咒骂。到了下个月，人变换了位置，骂者与被骂者也颠倒了过来。总之是每月每天必吵。然而二人却谁也离不开谁，好像吵架已经成了生活的必不可缺的内容。

我在上面介绍了清华西洋文学系的大概情况，绝没有一句谎言。中国古话：为尊者讳，为贤者讳。这道理我不是不懂。但是为了真理，我不能用撒谎来讳，我只能据实直说。我也绝不是说，西洋文学系一无是处。这个系能出像钱锺书和万家宝（曹禺）这样大师级的人物，必然有它的道理。我在这里无法详细推究了。

对我影响最大的几本书

我是一个最枯燥乏味的人，枯燥到什么嗜好都没有。我自比是一棵只有枝干并无绿叶更无花朵的树。

如果读书也能算是一个嗜好的话，我的唯一嗜好就是读书。

我读的书可谓多而杂，经、史、子、集都涉猎过一点儿，但极肤浅。小学中学阶段，最爱读的是"闲书"（没有用的书），比如《彭公案》《施公案》《洪公传》《三侠五义》《小五义》《东周列国志》《说岳》《说唐》，等等，读得如醉似痴。《红楼梦》等古典小说是以后才读的。读这样的书是好是坏呢？从我叔父眼中来看，是坏。但是，我却认为是好，至少在写作方面是有帮助的。

至于哪几部书对我影响最大，几十年来我一贯认为是两位大师的著作：在德国是亨利希·吕德斯（Heinrich Lüders），我老师的老师；在中国是陈寅恪先生。两个人都是考据大师，方法缜密到神奇的程度。从中也可以看出我个人兴趣之所在。我禀性板滞，不喜欢玄之又玄的哲学。我喜欢能摸得着看得见的东西，而考据正合吾意。

吕德斯是世界公认的梵学大师，研究范围颇广，对印度的古代碑铭有独到深入的研究。印度每有新碑铭发现而又无法读通时，大家就说："到德国去找吕德斯去！"可见吕德斯权威之高。印度两大史诗之一的《摩诃婆罗多》从核心部分起，滚雪球似的一直滚到后来成形的大书，其间共经历了七八百年。谁都知道其中有不少层次，但没有一个人说得清楚。弄清层次问题的又是吕德斯。在佛教研究方面，他主张有一个"原始佛典"（Urkanon），是用古代半摩揭陀语写成的，我个人认为这是千真万确的事；欧美一些学者不同意，却又拿不出半点可信的证据。吕德斯著作极多。中短篇论文集为一书《古代印度语文论丛》，这是我一生受影响最大的著作之一。对别人来说，这书可能是极为枯燥的，但是，对我来说却是一本极为有味、极有灵感的书，读之如饮醍醐。

　　在中国，影响我最大的书是陈寅恪先生的著作，特别是《寒柳堂集》《金明馆丛稿》。寅恪先生的考据方法同吕德斯先生基本上是一致的，不说空话，无证不信。两人有异曲同工之妙。我常想，寅恪先生从一个不大的切口切入，如剥春笋，每剥一层，都是信而有征，让你非跟着他走不行，剥到最后，露出核心，也就是得到结论，让你恍然大悟：原来如此，你没有法子不信服。寅恪先生考证不避琐细，但绝不是为考证而考证，小中见大，其中往往含着极大的问题。比如，他考证杨玉环是否以处女入宫。这个问题确极猥琐，不登大雅之堂。无怪一个学者说：这太 Trivial（微不足道）了。焉知寅恪先生是想研究李唐皇族的家风。在这个问题上，汉族与少数民族看法是不一样的。寅恪先生是从看似细微的问题入手探讨民族问题和文化问题，由小及大，使自己的立论坚实可靠。看来这位说那样话的学者是根本不懂历史的。

在一次闲谈时，寅恪先生问我：《梁高僧传》卷二《佛图澄传》中载有铃铛的声音——"秀支替戾冈，仆谷劬秃当"是哪一种语言？原文说是羯语，不知何所指？我到今天也回答不出来。由此可见寅恪先生读书之细心，注意之广泛。他学风谨严，在他的著作中到处可以给人以启发。读他的文章，简直是一种最高的享受。读到兴会淋漓时，真想"浮一大白"。

中德这两位大师有师徒关系，寅恪先生曾受学于吕德斯先生。这两位大师又同受战争之害，吕德斯生平致力于 Molnavarga 之研究，几十年来批注不断。"二战"时手稿被毁。寅恪生平致力于读《世说新语》，几十年来眉注累累。日寇入侵，逃往云南，此书丢失于越南。假如这两部书能流传下来，对梵学、国学将是无比重要之贡献。然而先后毁失，为之奈何！

天下第一好事，还是读书

古今中外赞美读书的名人和文章，多得不可胜数。张元济先生有一句简单朴素的话："天下第一好事，还是读书。""天下"而又"第一"，可见他对读书重要性的认识。

为什么读书是一件"好事"呢？

也许有人认为，这问题提得幼稚而又突兀。这就等于问"为什么人要吃饭"一样，因为没有人反对吃饭，也没有人说读书不是一件好事。

但是，我却认为，凡事都必须问一个"为什么"，事出都有因，不应当马马虎虎，等闲视之。现在就谈一谈我个人的认识，谈一谈读书为什么是一件好事。

凡是事情古老的，我们常常说"自从盘古开天地"。我现在还要从盘古开天地谈起，从人类脱离了兽界进入人界开始谈。

人成了人以后，就开始积累人的智慧，这种智慧如滚雪球，越滚越大，也就是越积越多。禽兽似乎没有发现有这种本领，一只蠢猪一万年以前是这样蠢，到了今天仍然是这样蠢，没有增加什么智慧。人则不然，不但能随时增加智慧，而且根据我的观察，增加的速度越来越快，有如物体从高空下坠一般。到了今天，达到了知识爆炸的水平。最近一段时间以来，"克隆"使全世界的人都大吃一惊。有的人竟忧心忡忡，不知这种技术发展"伊于胡底"。信耶稣教的人担心将来一旦"克隆"出来了人，他们的上帝将向何处躲藏。

人类千百年以来保存智慧的手段不出两端，一是实物，比如长城等；二是书籍，以后者为主。在发明文字以前，保存智慧靠记忆；文字发明了以后，则使用书籍。把脑海里记忆的东西搬出来，搬到纸上，就形成了书籍，书籍是贮存人类代代相传的智慧宝库。后一代的人必须读书，才能继承和发扬前人的智慧。人类之所以能够进步，永远不停地向前迈进，靠的就是能读书又能写书的本领。

我常常想，人类向前发展，有如接力赛跑，第一代人跑第一棒；第二代人接过棒来，跑第二棒，以至第三棒、第四棒，永远跑下去，永无穷尽，这样智慧的传承也永无穷尽。这样的传承靠的主要就是书，书是事关人类智慧传承的大事，这样一来，读书不是"天下第一好事"又是什么呢？

但是，话又说了回来，中国历代都有"读书无用论"的说法，读书的知识分子，古代通称为"秀才"，常常成为被取笑的对象，比如说什么"秀才造反，三年不成"，是取笑秀才的无能。这话不无道理。在古代——请注意，我说的是"在古代"，今天已经完全不同了——古时候造反而成功者几乎都是不识字的痞子流氓，中国历史上两个马上皇帝，开国"英主"，刘邦和朱元璋，都属此类。诗人只有慨叹"刘项原来不读书"。"秀才"最多也只有成为这一批地痞流氓的"帮忙"或者"帮闲"，帮不上的，就只好慨叹"儒冠多误身"了。

但是，话还要再说回来，中国悠久的优秀传统文化的传承者，是这一批地痞流氓，还是"秀才"？答案皎如天日。这一批"读书无用论"的现身"说法"者的"高祖""太祖"之类，除了镇压人民剥削人民之外，只给后代留下了什么陵之类，供今天搞旅游的人赚钱而已。他们对我们国家竟无贡献可言。

总而言之，"天下第一好事，还是读书"。

1997 年 4 月 8 日

观天池

　　长白山天池真可谓"大名垂宇宙"矣。我们此次冒酷暑，不远数千里，飞来延吉，如果说有一个确定不移的目的的话，那就是天池。

　　我们早晨从延吉出发，长驱二百三十公里，马不停蹄，下午到了长白山下的天池宾馆。我们下车，想先订好房间，然后上山。但是，宾馆的主人却催我们赶快上山，因为此时天气颇为理想，稍纵即逝，缓慢不得，房间他会给我们保留下来的。

　　宾馆老板的话是非常有道理的。长白山主峰海拔二千六百九十一米，较五岳之尊雄踞齐鲁大地的泰山还高一千多米。而天池又正在山巅，气候变化无常。延边大学的校长昨天告诉我，山顶气候一天二十四变。换句话说，也就是一个小时变一次。而实际情况还要比这个快，往往十几分钟就能变一次。原来是丽日悬天，转眼就会白云缭绕，阴霾蔽空。此时晶蓝浩瀚的天池就会隐入云雾之中，多么锐利的眼睛也不会看见了。据说一个什么人，不远万里来到天池，适逢云雾，在山巅等了三个小时，最终也没能见天池一面，悻悻然而去之，成为终生憾事。

我们听了宾馆主人的话，立即鼓足余勇，驱车登山。开始时在山下看到的是一大片原始森林。据说清代的康熙皇帝认为长白山是满洲龙兴之地，下诏封山，几百年没有开放，因此这片原始森林得到了最妥善的保护。不但不许砍伐树木，连树木自己倒下，烂掉，也不许人动它一动。到了今天，虽然开放了，树木仍然长得下踞大地，上撑青天，而且是拥拥挤挤，树挨着树，仿佛要长到一起，长成一个树身，说是连兔子都钻不进去，决非夸大之词。里面阔叶、针叶树都有，而以松树为主，挺拔耸峭，葱茏蓊郁，百里林海，无边无际，碧绿之色仿佛染绿了宇宙。

汽车开足了马力，沿着新近修成的盘山公路，勇往直上。在江西庐山是"跃上葱茏四百旋"。但是庐山比起长白山来直如小丘。在这里汽车究竟转了多少个弯，至今好像还没有人统计过。我们当然更没有闲心再去数多少个弯。但见在相当长的行驶时间内是针阔混交的树林。到了大约一千一百米以上，变成了针叶林带。到了一千八百米至两千米的地方，属于针叶的长白松突然消逝，路旁一棵挺起身子的高树都见不到了。一片岳桦林躬着腰背，歪曲扭折，仿佛要匍匐在地上，不敢抬头。坚劲的山风，千万年来，把它们已经制得服服帖帖，趴在地上，勉强苟延残喘，口中好像是自称"奴才"，拜倒在山风脚下连呼"万岁"了。

此时，我们已经升到海拔两千米以上，比泰山的玉皇顶还要高出五六百米。以"爬山虎"著称的北京吉普车，也已累得喘起了粗气。再一看路旁，连跪在地上的岳桦林也一律不见。看到的只有死死抓住石头的青草，还是一片翠绿。但是它们也没有一棵敢向高处长的，都是又矮又粗，低头奋力伏在石头上。看来长白山狂猛的山风连小草也不放过。小草为了活命，也只有听从山风的命令了。看样子，即使小草这样俯首帖耳，忍辱负重，也还是不行的。再往上不久，石头上光秃秃的，连一根小草的影子也不见。大概山风给小草规定下的生命地界已经到了极限。过此往上，一切青色的东西皆不见。此处是山风独霸的天下，在宇宙间只允许自己在这里狂暴肆虐，耀武扬威。

既然山上已一无可看，我们就往山下看看吧。近处是壁立万仞，下临无地，看了令人不由得目眩股栗，赶快把眼光投向远方。大概我们宾主五人都积了善有了余庆。我们都交了好运，天气是无比地晴朗。千里松海，尽收眼底，令人逸兴遄飞，心旷神怡。回望背后群山，山背阴处，盛夏犹有积雪。长白山真不愧"长白"之名。

可是，真出我们意想之外，汽车出了毛病，发动机忽然停止工作了。火再也打不着。司机连忙下车，搬来大石块，把车后轮垫牢。否则车一滑坡，必然坠入万丈深谷，我们和车岂不成了齑粉了吗？我确实有点慌了起来；但司机却说：汽车患了"高山反应症"，神态自若。我真有点摸不清他说的究竟是真话还是笑话，但见他从容不迫，把车上的机关胡乱鼓捣了一阵，忽然砰的一声，汽车又发动起来了。我的心才又回到腔子里。汽车盘旋上山，皆大欢喜。

真正到了山顶了，我急不可待，立即开门想下车。别人想拦住我，但没拦得住，连忙帮我把制服上衣穿上，车门刚开了一个小缝，一股刺骨的寒风立即狂袭过来。原来山下气温是摄氏三十二三度，而在这里，由于没有寒暑表，不敢乱说，根据我的感觉，恐怕是在十度以下。我原以为是个累赘一点用处也没有的毛衣，这时却成了至宝。我忙忙乱乱地把它穿在制服外面，别人又在我身上蒙上了一件风雨衣。这样一来，上半身勉强对付；但是我头顶上的真正的纱帽却不行了。下面的裤子也陡然薄得如纸。现在能有一件皮袄该多好呀！我浑身哆哆嗦嗦，被三个年轻人架住双臂，推着背后，踉踉跄跄向前迈步，山风迅猛，刺入骨髓。别提我有多么狼狈了。有人拍了一张照片，我自己还没有看到。我想，那必是我一生最为可笑的一张照片了。

但是，我的苦难历程还没有完结。我虽然已经站在我渴望已久的天池边上，却还看不到天池，一座不高不低的沙堆挡住了我们的去路。我此时实在已经是筋疲力尽，想躺倒在地，不再动弹。但是，渴望了几十年，又冒酷暑不远千里而来，难道竟能打退堂鼓功亏一篑吗？当然不行！我收集了我的剩勇，在三个年轻人的连推带拉之下，喘着粗气，终于爬上了沙丘，此时，天空虽然黑云未退，蓝色的天池却朗朗然呈现在我的眼前。

啊，天池！毕生梦寐以求，今天终于见到你了。

天池实际水面高程为两千一百九十四米，最大水深三百七十三米，是我国最高最深的淡水湖。有诗写道："周回八十里，峭壁立池边。水满疑无地，云低别有天。"池周围屹立着十六座高峰，峰巅互刺青天，恐怕离天连三尺三都不到。时虽盛夏，险峰积雪仍然倒映池面。白雪碧波，相映成趣。山风猎猎，池面为群山所包围，水波不兴，碧平如镜。真是千真万确的大好风光，我真是不虚此行了。

但是，我一下子就想到了盛名播传四海的天池水怪。在平静的碧波下面，它们此时在干些什么呢？是在操持家务呢？还是在开会？是在制造伪劣商品呢？还是在倒买倒卖？是在打高尔夫球呢？还是在收听奥运会的广播？是在品尝粤菜的生猛海鲜呢？还是在吃我们昨天在延吉吃的生鱼片？……问题一个个像连成串的珍珠，剪不断，理还乱。有人拍了一下我的肩膀，我蓦然醒了过来，觉得自己真仿佛是走了神，入了魔，想入非非，已经非非到可笑的程度了。我擦了擦昏花的老眼：眼前天池如镜，群峰似剑。山风更加猛烈，是应该下山的时候了。

我们辞别了天池，上了车，好像驾云一般，没有多少时间，就回到了山下。顺路参观了著名的长白瀑布，品尝了在温泉水中煮熟的鸡蛋，在暮霭四合中，回到了天池宾馆。

吃过晚饭，躺在床上，辗转反侧，无论如何也难以入睡。在朦朦胧胧中，我仿佛走出了宾馆。不知道怎么一来，就到了长白山巅，天池旁边。此时群山如影，万籁俱寂。天池水怪纷纷走出了水面，成堆成堆地游乐嬉戏，或舞蹈，或唱歌，或戏水，或跳跃，一时闹声喧腾，意气飞扬。我听到它们大声讲话：

"你看这人类多么可笑！在普天之下，五湖四海，争名夺利，勾心斗角，胜利了或者失败了，想出来散散心，不远千里，不远万里，冒着生命危险，来到我们这里，瞪大了贪婪罪恶的眼睛，看着天池；其实是想看一眼被他们称为'天池怪兽'的我们。我们偏偏不露面，白天伏在深水里，一动也不动。看到他们那失望的目光，我们真开心极了！"

"我们真开心极了！"

"我们真开心极了！"

"万岁！"

"乌拉！"

此时闹声更喧腾了，气氛更热烈了——

"还有人居然想给我们拍照哩！"

"听说已经有人把照片登在报纸上了！"

"这两天又风风火火地谣传：一家电视台悬赏万金，要拍我们的照片哩！"

"真是活见鬼！"

"真是活见鬼！"

"谁要是让他拍了照，我们决定开除他的怪籍，谁说情也不行！"

"万岁！万岁！"

"乌拉！乌拉！"

此时喧声震天，波涛汹涌。我吓得浑身发抖，不知所措。赶快撒腿就跑，一下子跑到了宾馆的床上。定一定神，才知道自己刚才做了一个梦。

第二天一大早，我们就在晨光熹微中离开了天池宾馆。临行前，我曾同李铮到原始森林的边缘去散了散步，稍稍领略了一下原始森林的情趣。抬头望着长白山顶，向天池告别。我相信，我还会回来的。但是，我向天池中的怪兽们宣誓：我决不会给他们拍照。

1992 年 8 月 8 日写于北京大学燕园

下瀛洲

我仿佛正飞向一个古老又充满了神话的世界，心里有点激动，又有点好奇。但我又知道，这是一个崭新的完完全全现实的世界，我的心情又平静下来……

我就是怀着这样复杂多变的心情，平静地坐在机舱内。飞机正飞行在万米高空。我觉得，仿佛是自己生上了翅膀，"排空驭气奔如电"，飞行的是我自己，而不是飞机。下面是茫茫云海，大地上的东西什么都看不到。但是，从时间上来推算，我大体上能知道，下面是什么地方。两个多小时以后，茫茫云海并没有改变。但是我明确地知道，下面是大海。又过了一些时候，飞行速度似乎在下降。不久，凭机窗俯望，就看到海岸像一抹绿痕：日本到了。

我是第一次到日本来。但是我从小就读了大量关于日本的书籍，什么瀛洲，什么蓬莱三岛。虽然我不大懂这些东西，"山在虚无缥缈间"，可是日本对我而言并不陌生。今天我竟然来到了这里。对来过的人说来，也许是司空见惯的事。对我说来，却是满怀新奇之感。机舱中那种复杂的心情又向我袭来。我不禁有点兴奋起来了。

同行的一位青年教师说："来到日本，似乎是出了国，又似乎没有出。"短短几句话很形象地道出了一个中国人初到日本的心情，事情确实是这样。时间只相隔两三个小时，短到让我们决不会想到自己已经远适异域。东京大街上的招牌、匾额，甚至连警察厅的许多通告和条例，基本上都是汉字，我们一看就能明白。街上接踵联袂的行人，面孔又同我们差不多。说是已经身在异国，似乎是不大可信的。从前一位中国诗人到了法国巴黎，写了两句有名的诗："对月略能推汉历，看花苦为译秦名。"在东京，也同在巴黎一样，是在国外，但是我们却决不会有这样的感觉。"月是故乡明"，在日本也同样地明了，至于花，好多花的名字，中文日文是一致的。倘若我们不仔细留意，我们决不会感到，我们已经是在离开祖国几千里外的异域了。

　　但是，最重要的还不是这些表面上的东西，而是日本人民的心。近两三年来，我在北京大学接待过几十个日本代表团。其中有重要的政治家，有著名的学者和作家，有年高德劭的大和尚，有声名远扬的亲台派，有老人，有青年，有男子，有妇女。他们的职业和经历都是完全不同的，政治见解也是五花八门。但是，他们几乎都有一颗对中国人民诚挚的心。他们对于中国过去的文化曾经帮助过日本这一件事，表示由衷的感谢；对于极少数军国主义者给中国人民造成的灾难，又表示真诚的内疚。我曾多次为这样一颗颗的心而感动。我感到，从我们嘴里说出的和我们耳朵里听到的"中日人民世世代代友好下去"这句话，表示了我们两国人民的真诚愿望，绝不是一句空洞的话。

就在不久以前，我招待一个日本大学校长代表团。团长是一位学自然科学的大学校长。他纯朴热情，诚挚忠厚，真正是一位学者。看样子，他并不擅长辞令，但是说出来的话却句句能激动人心。在一次宴会上，喝了几杯茅台之后，他脸上泛起了一点红潮，样子已经有几分酒意了。他站起来讲话，又讲到日中文化关系，讲到日本军国主义者对中国人民的骚扰。这些话并没有新的内容，我已经听过许多遍，毫不陌生了。但是，现在从这样一位学者口中说出来，却似乎有异常的力量，让我永远难忘。

今天我来到了日本，接触到许多日本学者，接触到广大的日本人民。尽管我不能同所有的日本人民都谈话；但是，从一粒沙中可以看到宇宙，从少数日本朋友的谈话中，我仿佛听到了广大日本人民的声音。我在国内从日本代表团那里得到的印象，今天都完全得到了证实。

日本这个国家，整个就是一座大花园。到处树木翁郁，绿草芊芊，很难找到一块不干净的地方。如果你想丢掉一团用不着的废纸什么的，还真不容易，你简直找不到一块可以丢废纸的地方。家家户户，不管庭院有多么小，总要栽上一点花木。最常见的是一种矮而肥的绿松，枝干挺拔，绿意逼人。衬托着后面的小楼，看上去令人怡情悦目。

至于住在这里的人，都彬彬有礼，"谢谢""对不起"经常挂在嘴上。日本人民九十度的鞠躬是闻名全世界的。

但是，彬彬有礼并不等于慢慢腾腾。初到日本的人，大概都会感到，日本人走路、办事，都是急急忙忙，精神高度集中。连穿着高跟鞋走路的女士们，也都像赶路似的，脊背挺直，精神抖擞，噔、噔、噔一溜儿小跑。好像前面有什么东西吸引着，后面有什么东西追赶着。日本人重视工作、重视工作效率、重视时间，绝不肯浪费一点时间的。有的外国人把日本人描绘为"只知道工作的蜜蜂""工作中毒"，等等。这些说法，我觉得丝毫没有讽刺的意思，而是充满了敬佩与赞美。第二次世界大战结束时，日本战败了，国破家亡，疮痍满目，过了一段非常艰苦的日子。一直到今天，年纪大一点儿的人，谈起来还心有余悸。然而在短短的一二十年中，他们又勇敢地站了起来，创造了让全世界都瞠目结舌的奇迹。这似乎难以理解，实际上却非常自然。联想到我上面说到的日本人民的那种精神，创造这些奇迹，又有什么可以吃惊的呢?

　　我今天来到的就是这样一个国家：既陌生，又熟悉；既有神话，又有现实；既属于历史，又属于当前；既显得很远，又显得很近；既令人惊诧难解，又令人感到顺理成章。像这样一个国家和人民，我们有许多东西是可以学习的。如果说从前的蓬莱、瀛洲都隐在一团虚无缥缈的神话的迷雾中，那么今天的日本却明明白白、毫不含糊地摆在我的眼前。我就这样怀着好奇而又激动的矛盾心情，开始了对日本的访问。

一九八一年七月原稿

一九八二年一月四日抄完

哥廷根

　　我于 1935 年 10 月 31 日从柏林到了哥廷根。原来只打算住两年，焉知一住就是十年整，住的时间之长，在我的一生中，仅次于济南和北京，成为我的第二故乡。

　　哥廷根是一个小城，人口只有十万，而流转迁移的大学生有时会到二三万人，是一个典型的大学城。大学已有几百年的历史，德国学术史和文学史上许多显赫的名字，都与这所大学有关。以他们的名字命名的街道到处都是。让你一进城，就感到洋溢全城的文化气和学术气，仿佛是一个学术乐园、文化净土。

　　哥廷根素以风景秀丽闻名全德。东面山林密布，一年四季绿草如茵。即使冬天下了雪，绿草埋在白雪下，依然翠绿如春。此地，冬天不冷，夏天不热，从来没遇到过大风。既无扇子，也无蚊帐，苍蝇、蚊子成了稀有动物。跳蚤、臭虫更是闻所未闻。街道洁净得邪性，你躺在马路上打滚儿，绝不会沾上任何一点尘土。家家的老太婆用肥皂刷洗人行道，已成为家常便饭。在城区中心，房子都是中世纪的建筑，至少四五层。人们置身其中，仿佛回到了中世纪去。古代的城墙仍然保留着，上面长满了参天的橡树。我在清华念书时，喜欢谈德国短命抒情诗人荷德林（Hölderlin）的诗歌，他似乎非常喜欢橡树，诗中经常提到它。可是我始终不知道橡树是什么样子。今天于无意中遇之，喜不自胜。此后，我常常到古城墙上来散步，在橡树的浓荫里，四面寂无人声，我一个人静坐沉思，成为哥廷根十年生活中最有诗意的一件事，至今忆念难忘。

我初到哥廷根时，人地生疏。老学长乐森碍先生到车站去接我，并且给我安排好了住房。房东姓欧朴尔（Oppel），老夫妇俩，只有一个儿子。儿子大了，到外城去上大学，就把他住的房间租给我。男房东是市政府的一个工程师，一个典型的德国人，老实得连话都不大肯说。女房东大约五十来岁，是一个典型的德国家庭妇女，受过中等教育，能欣赏德国文学，喜欢德国古典音乐，趣味偏于保守，一提到爵士乐，就满脸鄙夷的神气，冷笑不止。她有德国妇女的一切优点：善良、正直，能体贴人，有同情心。但也有一些小小的不足之处。比如，她有一个最好的朋友，一个寡妇，两个人经常来往。有一回，她这位女友看到她新买的一顶帽子，喜欢得不得了，想照样买上一顶，她就大为不满，对我讲了她对这位女友的许多不满意的话。原来西方妇女——在某些方面，男人也一样——绝对不允许别人戴同样的帽子，穿同样的衣服。这一点我们中国人无论如何都是难以理解的。从这里可以看出，我这位女房东小市民习气颇浓。然而，瑕不掩瑜，她是我生平遇到的最好的妇女之一，善良得像慈母一般。

我就是在这样一个只有一对老夫妇的德国家庭里住了下来，同两位老人晨昏相聚，成为这个家庭的一员，一住就是十年，没有搬过一次家。我在这里先交代这个家庭的一般情况，细节以后还要谈到。

我初到哥廷根时的心情怎样呢？为了真实起见，我抄一段我到哥廷根后第二天的日记：

> 终于又来到哥廷根了。这以后，在不安定的漂泊生活里会有一段比较长一点儿的安定的生活。我平常是喜欢做梦的，而且我还自己把梦涂上种种的彩色。最初我做到来德国的梦，德国是我的天堂，是我的理想国。我幻想德国有金黄色的阳光，有 Wahrheit（真），有 schönheit（美）。我终于把梦捉住了，我到了德国。然而得到的是失望和空虚。我的一切希望都泡影似的幻化了去。然而，立刻又有新的梦浮起来。我梦想，我在哥廷根，在这比较长一点儿的安定的生活里，我能读一点儿书，读点儿古代有过光荣而这光荣将永远不会消灭的文字。现在又终于到了哥廷根了。我不知道我能不能捉住这梦。其实又有谁能知道呢？

从这段日记里可以看出，我当时眼前仍然是一片迷茫，还没有找到自己要走的道路。

别哥廷根

是我要走的时候了。

是我离开德国的时候了。

是我离开哥廷根的时候了。

我在这座小城里已经住了整整十年了。

中国古代俗语说：千里凉棚，没有不散的筵席。人的一生就是这个样子。当年佛祖规定，浮屠不三宿桑下。害怕和尚在一棵桑树下连住三宿，就会产生留恋之情。这对和尚的修行不利。我在哥廷根住了不是三宿，而是三宿的一千二百倍。留恋之情，焉能免掉？好在我是一个俗人，从来也没有想当和尚，不想修仙学道，不想涅槃，西天无分，东土有根。留恋就让它留恋吧！但是留恋毕竟是有限期的。我是一个有国有家有父母有妻子的人，是我要走的时候了。

回忆十年前我初来时，如果有人告诉我：你必须在这里住上五年，我一定会跳起来的：五年还了得呀！五年是一千八百多天呀！然而现在，不但过了五年，而且是五年的两倍。我一点儿也没有感觉到有什么了不得。正如我在本书开头时说得那样，宛如一场缥缈的春梦，十年就飞去了。现在，如果有人告诉我：你必须在这里再住上十年。我不但不会跳起来，反而会愉快地接受下来的。

然而我必须走了。

是我要走的时候了。

当时要想从德国回国，实际上只有一条路，就是通过瑞士，那里有国民党政府的公使馆。张维和我于是就到处打听到瑞士去的办法。经多方探询，听说哥廷根有一家瑞士人。我们连忙专程拜访。这是一位家庭妇女模样的中年妇人，人很和气。但是，她告诉我们，入境签证她管不了，要办，只能到汉诺威（Hannover）去。张维和我于是又搭乘公共汽车，长驱百余公里，赶到了这个地区的首府汉诺威。

汉诺威是附近最大最古老的历史名城。我久仰大名，只是从没有来过。今天来到这里，我真正大吃一惊：这还算是一座城市吗？尽管从远处看，仍然是高楼林立；但是，走近一看，却只见废墟。剩下没有倒的一些断壁颓垣，看上去就像是古罗马留下来的斗兽场。马路还是有的，不过也布满了大大小小的弹坑。汽车有的已经恢复了行驶。不过数目也不是太多。引起我们注意的是马路两旁人行道上的情况。德国高楼建筑的格局，各大城市几乎都是一模一样：不管楼高多少层，最下面总有一个地下室，是名副其实地建筑在地下的。这里不能住人。住在楼上的人每家分得一两间，在里面储存德国人每天必吃的土豆，以及苹果、瓶装的草莓酱、煤球、劈柴之类的东西。从来没有想到还会有别的用途的。战争一爆发，最初德国老百姓轻信法西斯头子的吹嘘，认为英美飞机都是纸糊的，绝不能飞越德国国境线这个雷池一步。大城市里根本没有修建真正的防空壕洞。后来，大出人们的意料，纸糊的飞机变成钢铁的了，法西斯头子们的吹嘘变成了肥皂泡了。英美的炸弹就在自己头上爆炸，不得已就逃入地下室躲避空袭。这当然无济于事。英美的重磅炸弹有时候能穿透楼层，在地下室中向上爆炸。其结果可想而知。有时候分量稍轻的炸弹，在上面炸穿了一层两层或多一点儿层的楼房，就地爆炸。地下室幸免于难，然而结果却更可怕。上面被炸的楼房倒塌下来，把地下室严密盖住。活在里面的人，呼天天不应，叫地地不灵，这是什么滋味，我没有亲身经历，不愿瞎说。然而谁想到这一点，不会不寒而栗呢？最初大概还会有自己的亲人费上九牛二虎的力量，费上不知多少天的努力，把地下室中受难亲属的尸体挖掘出来，弄到墓地里去埋掉。可是时间一久，轰炸一频繁，原来在外面的亲属说不定自己也被埋在什么地方的地下室，等待别人去挖尸体了。他们哪有可能来挖别人的尸体呢？但是，到了上坟的日子，幸存下来的少数人又不甘不给亲人扫墓，而亲人的墓地就是地下室。于是马路两旁高楼断壁之下的地下室外垃圾堆旁，就摆满了原来应该摆在墓地上的花圈。我们来到汉诺威看到的就是这些花圈，这种景象在哥廷根是看不到的。最初我大惑不解。了解了原因以后，我又感到十分吃惊，感到可怕，感到悲哀。据说地窖里的老鼠，由于饱餐人肉，营养过分丰富，长到一尺多长。德国这样一个优秀伟大的民族，竟落到这个下场。我心里酸甜苦辣，万感交集，真想到什么地方去痛哭一场。

汉诺威的情况就是这个样子。这当然是狂轰滥炸时"铺地毯"的结果。但是，即使是"地毯"，也难免有点儿空隙。在这样的空隙中还幸存下少数大楼，里面还有房间勉强可以办公。于是在城里无房可住的人，晚上回到城外乡镇中的临时住处，白天就进城来办公。瑞士的驻汉诺威的代办处也设在这样一座楼房里。我们穿过无数的断壁残垣，找到办事处。因为我没有收到瑞士方面的正式邀请和批准，办事处说无法给我签发入境证。我算是空跑一趟。然而我不但不后悔，还有点儿高兴；我于无意中得到一个机会，亲眼看一看所谓轰炸究竟真实情况如何。不然的话，我白白在德国住了十年并自命经历过轰炸。哥廷根那点儿轰炸，同汉诺威比起来，真如小巫见大巫。如没能看到真正的轰炸，将会抱恨终生了。

汉诺威是这样，其他比汉诺威更大的城市，比如柏林之类，被炸的情况略可推知。我后来听说，在柏林，一座大楼上面几层被炸倒以后，塌了下来，把地下室严严实实地埋了起来。地下室中有人在黑暗中赤手扒碎砖石，走运扒通了墙壁，爬到邻居的尚没有被炸的地下室中，钻了出来，重见天日。然而十个指头的上半截都已磨掉，血肉模糊了。没有这样走运的，则是扒而无成，只有呼叫。外面的人明明听到叫声，然而堆积如山的砖瓦碎石，一时无法清除。只能忍心听下去，最初叫声还高，后来则逐渐微弱，几天之后，一片寂静，结果可知。亲人们心里是什么滋味，他们是受到什么折磨，人们能想下去吗？有过这样一场经历，不入疯人院，则入医院。这样惨绝人寰的悲剧是号称"万物之灵"的人类自己亲手酿成的。难道不是这样吗？

听到这些情况以后，我自然而然地就想到了原来的柏林，十年前和三年前我到过的柏林。十年前不必说了，就是在三年前，柏林是个什么样子呀！当时战争虽然已经爆发，柏林也已有过空袭，但是还没有被"铺地毯"，市面上仍然是繁华的，人们熙攘往来，还颇有一点儿劲头。然而转瞬之间，就几乎变成了一片废墟。这变化真是太大了。现在让我来描述这个今昔对比的变化，我本非江郎，谈不到才尽，不过现在更加窘迫而已。在苦思冥想之余，我想出了一个偷巧的办法。我想借用中国古代辞赋大家的文章，从中选出两段，一表盛，一表衰，来做今昔对比。时隔将近两千年，地距超过数万里，情况当然是完全不一样的。然而气氛则是完全一致的，我现在迫切需要的正是描述这种气氛。借古人的生花妙笔，抒我今日盛衰之感怀。能想出这样移花接木的绝妙好法，我自己非常得意，不知是哪一路神仙在冥中点化，使我获得"顿悟"，我真想五体投地虔诚膜拜了。是否有文抄公的嫌疑呢？不，绝不。我是付出了劳动的，是我把旧酒装在新瓶中的，我是偷之无愧的。

下面先抄一段左太冲《蜀都赋》：

亚以少城，接乎其西。市廛所会，万商之渊。列隧百重，罗肆巨千。贿货山积，纤丽星繁。都人士女，袨服靓妆。贾贸墆鬻，舛错纵横。异物崛诡，奇于八方。

上面列举了一些奇货。从这短短的几句引文里，也可以看出蜀都的繁华。这样繁华的气氛，同柏林留给我的印象是完全符合的。

我再从鲍明远的《芜城赋》里引一段：

观基扃之固护，将万祀而一君。出入三代，五百余载，竟瓜剖而豆分。泽葵依井，荒葛罥途。坛罗虺蜮，阶斗麇鼯……通池既已夷，峻隰又已颓。直视千里外，惟见起黄埃。凝思寂听，心伤已摧。

这里写的是一座芜城，实际上鲍照是有所寄托的。被炸得一塌糊涂的柏林，从表面上来看，与此大不相同。然而人们从中得到的感受又何其相似！法西斯头子们何尝不想"万祀而一君"。然而结果如何呢？所谓"第三帝国"被"瓜剖而豆分"了。现在人们在柏林看到的是断壁颓垣，"直视千里外，惟见起黄埃"了。据德国朋友告诉我，不用说重建，就是清除现在的垃圾也要用上五十年的时间。德国人"凝思寂听，心伤已摧"，不是很自然的吗？我自己在德国住了这么多年，看到眼前这种情况，我心里是什么滋味，也就概可想见了。

然而是我要走的时候了。

是我离开德国的时候了。

是我离开哥廷根的时候了。

我的真正的故乡向我这游子招手了。

一想到要走，我的离情别绪立刻涌上心头。我常对人说，哥廷根仿佛是我的第二故乡。我在这里住了十年，时间之长，仅次于济南和北京。这里的每一座建筑，每一条街，甚至一草一木，十年来和我同甘共苦，共同度过了将近四千个日日夜夜。我本来就喜欢它们的，现在一旦要离别，更觉得它们可亲可爱了。哥廷根是个小城，全城每一个角落似乎都留下了我的足迹，我仿佛踩过每一粒石头子儿，不知道有多少商店我曾出出进进过。看到街上的每一个人都似曾相识。古城墙上高大的橡树、席勒草坪中芊绵的绿草、俾斯麦塔高耸入云的尖顶、大森林中惊逃的小鹿、初春从雪中探头出来的雪钟、晚秋群山顶上斑斓的红叶，等等，这许许多多纷然杂陈的东西，无不牵动我的情思。至于那所古老的大学和我那些尊敬的老师，更让我觉得难舍难分。最后但不是最少，还有我的女房东，现在也只得分手了。十年相处，多少风晨月夕，多少难以忘怀的往事，"当时只道是寻常"，现在却是可想而不可即，非常非常不寻常了。

然而我必须走了。

我那真正的故乡向我招手了。

我忽然想起了唐代诗人刘皂的《旅次朔方》：

> 客舍并州已十霜，
>
> 归心日夜忆咸阳。

无端更渡桑干水，

　·　却望并州是故乡。

别了，我的第二故乡哥廷根！

别了，德国！

什么时候我能再见到你们呢？

访绍兴鲁迅故居

一转入那个地上铺着石板的小胡同，我立刻就认出了那个从一幅木刻上久已熟悉了的门口。当年鲁迅的母亲就是在这里送她的儿子到南京去求学的。

我怀着虔敬的心情走进了这个简陋的大门。我随时在提醒自己：我现在踏上的不是一个平常的地方。一个伟大的人物、一个文化战线上的坚强的战士就诞生在这里，而且在这里度过了他的童年。

对于这样一个人物，我从中学时代起就怀着无限的爱戴与向往。我读了他所有的作品，有的还不止一遍。有一些篇章我甚至能够背诵得出。因此，对于他这个故居我是十分熟悉的。今天虽然是第一次来到这里，我却感到我是来到一个旧游之地了。

房子已经十分古老，而且结构也十分复杂，不像北京的四合院那样让人一目了然。但是我仍觉得这房子是十分可爱的。我们穿过阴暗的走廊，走过一间间的屋子。我们看到了鲁迅祖母给他讲故事的地方，看到长妈妈在上面睡成一个"大"字的大床，看到鲁迅抄写《南方草木状》用的桌子，也看到鲁迅小时候的天堂——百草园。这都是一些普普通通的东西和地方，一点儿也看不出有什么神奇之处。但是，我却觉得这都是极其不平常的东西和地方。这里的每一块砖、每一寸土、桌子的每一个角、椅子的每一条腿，鲁迅都踏过、摸过、碰过。我总想多看这些东西一眼，在这些地方多流连一会儿。

鲁迅早已离开这个世界了。他生前，恐怕也很久没有到这所房子里来过了。但是，我总觉得，他的身影就在我们身旁。我仿佛看到他在百草园里拔草捉虫，看到他同他的小朋友闰土在那里谈话游戏，看到他在父亲严厉监督之下念书写字，看到他做这做那。

这个身影当然是一个小孩子的身影。但是，就是当鲁迅还是一个小孩子的时候，他那坚毅刚强的性格就已经有所表露。在他幼年读书的地方三味书屋里，我们看到了他用小刀刻在桌子上的那个"早"字。故事是大家都熟悉的：有一天，他不知道是由于什么原因，上学迟到了，受到了老师的责问。他于是就刻了这个字，表示以后一定要来早。以后他果然再没有迟到过。

这是一件小事。然而，由小见大，它不是很值得我们深思自省吗？

这坚毅刚强的性格伴随了鲁迅一生。"他没有丝毫的奴颜和媚骨"，他一生顽强战斗，追求真理。"横眉冷对千夫指，俯首甘为孺子牛"，他对人民是一个态度，对敌人是完全不同的另一个态度。谁读了这样两句诗，不深深地受到感动呢？现在我在这间阴暗书房里看到这个小小的"早"字，我立刻想到他那战斗的一生。在我心目中，他仿佛成了一块铁，一块钢，一块金刚石。刀砍不断，石砸不破，火烧不熔，水浸不透。他的身影突然高大了起来，凛然立于宇宙之间，给人带来无限的鼓舞与力量。

同刻着"早"字的那张书桌仅有一壁之隔，就是鲁迅文章里提到的那个小院子。他在这里读书的时候，常常偷跑到这里来寻蝉蜕，捉苍蝇。院子确实不大，大概只有两丈多长、一丈多宽。墙角上长着一株蜡梅，据说还是当年鲁迅在这里读书时的那一棵。按年岁计算起来，它的年龄应该有一百八十岁了。可是样子却还是年轻得很。梗干茁壮坚挺，叶子是碧绿碧绿的。浑身上下，无限生机；看样子，它还要在这里站上一千年。在我眼中，这株蜡梅也仿佛成了鲁迅那坚毅刚强的，威武不能屈、富贵不能淫的性格的象征。我从地上拾起了一片叶子，小心地夹在我的笔记本里。

把树叶夹在笔记本里，回头看到一直陪我们参观的闰土的孙子在对着我笑。我不了解他这笑是什么意思。也许是笑我那样看重那一片小小的叶子，也许是笑我热得满脸出汗。不管怎样，我也对他笑了一笑。我看他那壮健的体格，看他那浑身的力量，不由得心里就愉快起来，想同他谈一谈。我问他的生活情况和工作情况，他说都很好，都很满意。我这些问题其实都是多余的。从他那满脸的笑容、全身的气度来看，他生活得十分满意、工作得十分称心，不是很清清楚楚的吗？

我因此又想到他的祖父闰土。当他隔了许多年又同鲁迅见面的时候，他不敢再承认小时候的友谊，对着鲁迅喊了一声"老爷"。这使鲁迅打了一个寒噤。他被生活的担子压得十分痛苦，却又说不出。这又使鲁迅吃了一惊。可是他的儿子水生和鲁迅的侄儿宏儿却非常要好。鲁迅于是大为感慨：他不愿意孩子们再像他那样辛苦辗转而生活，也不愿意他们像闰土那样辛苦麻木而生活，也不愿意他们像别人那样辛苦恣睢而生活。他们应该有新的生活。

　　这样的生活鲁迅没有能够亲眼看到。但是，今天这新的生活却确确实实地成为现实了。他那老朋友闰土的孙子过的就是这样的新生活，是他们所未经生活过的。按年龄计算起来，鲁迅大概没有见到过闰土的这个孙子，但这是不重要的。重要的是，鲁迅一生为天下的"孺子"而奋斗，今天他的愿望实现了。这真是天地间一大快事。如果鲁迅能够亲眼看到的话，他会感到多么欣慰啊！

　　我从闰土的孙子想到闰土，从现在想到过去。今昔一比，恍若隔世。我眼前看到的虽然只是闰土的孙子的笑容；但是，在我的心里，却仿佛看到了普天下千千万万孩子们的笑容，看到了全国人民的笑容。幸福的感觉油然流遍了我的全身。我就带着这样的感觉离开了那个我以前已经熟悉、今天又亲眼看到的门口。

1963 年 11 月 23 日写毕

二

万物皆有灵，
草木亦有心

神　牛

我又和我的老朋友神牛在加德满都见面了。这是我意料中但又似乎有点儿出乎意料的事情。

过去，我曾在印度的加尔各答和新德里等大城市的街头见到过神牛。三十多年以前我第一次访问印度的时候，在加尔各答那些繁华的大街上第一次见到神牛。在全世界似乎只有信印度教的国家才有这种神奇的富有浪漫色彩的动物。当时它们在加尔各答的闹市中，在车水马龙里，在汽车喇叭和电车铃声的喧闹中，三五成群，有时候甚至结成几十头上百头的庞大牛群，昂首阔步，威仪俨然，真仿佛天上天下、唯我独尊。它们对人类社会的一切现象，对人类一切的新奇的发明创造，什么电车汽车，什么自行车、摩托车，全不放在眼中。它们对人类的一切显贵，什么公子、王孙，什么体操名将、电影明星，什么学者、专家，全不放在眼中。它们对人类创造的一切法律、法规，全不放在眼中。它们是绝对自由的，愿意到什么地方去，就到什么地方去；愿意在什么地方卧倒，就在什么地方卧倒。加尔各答是印度最大的城市，大

55

街上车辆之多，行人之多，令人目瞪口呆，从公元前就有的马车和牛车，直至最新式的流线型的汽车，再加上涂饰华美的三轮摩托车，有上下两层的电车，无不具备。车声、人声、马声、牛声，混搅成一团，喧声直抵印度神话中的三十三天。在这种情况下，几头神牛，有时候竟然兴致一来，卧在电车轨道上，"我困欲眠君且去"，闭上眼睛，睡起大觉来。于是汽车转弯，小车让路，电车脱离不了轨道，只好停驶。没有哪个人敢去驱赶这些神牛。

对像我这样的外国人来说，这种情景实在是"匪夷所思"，实在是非常有趣。我很想研究一下神牛的心理。但是从它们那些善良温顺的大眼睛里我什么也看不出、猜不出。它们也许觉得，人类真是奇妙的玩意儿。他们竟然聚居在这样大的城市里，还搞出了这么多不用马拉牛拖就会自己跑的玩意儿。这些神牛们也许会想到，人这种动物反正都害怕我们，没有哪个人敢动我们一根毫毛，我们索性就愿意怎样干就怎样干吧！

但是，据我的观察，它们的日子也并不怎么好过。虽然没有人穿它们的鼻子，用绳子牵着走，稍有违抗，则挨上一鞭；但是也没人按时给它们喂食喂水。它们只好到处游荡，自己谋食。看它们那种瘦骨嶙峋的样子，大概营养也并不好。而且它们虽然被认为是神牛，却没有长生不老之道，它们的死亡率并不低。当我隔了二十年第二次访问加尔各答的时候，在同一条大街上，我已经看不到当年那种十几头上百头牛游行在一起的庞大阵容了。只剩下零零落落的几头老牛徘徊在那里，寥若晨星，神牛的家族已经很不振了。看到这情景，我倒颇有一些寂寞苍凉之感。但是神牛们大概还不懂什么牛口学（对人口学而言），也不懂什么未来学，它们不会为 21 世纪的牛口问题而担忧，这也算是一种难得糊涂吧。

我似乎不曾想到，隔了又将近十年，我来到了尼泊尔，又在加德满都街头看到久违的神牛了。我在上面曾说到，这次重逢是在意料中的，因为尼泊尔同印度一样是信奉印度教的国家。我又说有点儿出乎意料，不曾想到，是因为尼泊尔毕竟不是印度。不管怎么样，我反正是在加德满都又同神牛会面了。

在这里，神牛的神气同印度几乎一模一样，虽然数目相差悬殊。在大马路上，我只见到了几头。其中有一头，同它的印度同事一样，走着走着，忽然卧倒，傲然地躺在马路中间，摇着尾巴，扑打飞来的苍蝇，对身旁驶过的车辆连瞅都不瞅。不管是什么样的车辆，都只能绕它而行，绝没有哪一个人敢去惊扰它。隔了几天，我又在加德满都郊区看见了几头，在青草地上悠闲漫步。它是不是有"食草绿树下，悠然见雪山"的雅兴呢？我不敢说。可是看到它那种悠闲自在的神态，真正羡慕煞人，它真像是活神仙了。尼泊尔是半热带国家，终年青草不缺，这就为神牛的生活提供了保证。

神牛们有福了！

我祝愿神牛们能够这样优哉游哉地活下去。我祝愿它们永远不会想到牛口问题。

神牛们有福了！

　　1986 年 11 月 27 日凌晨，时窗外浓雾中咕咕的鸽声于耳

咪　咪

　　我现在越来越不了解自己了。我原以为自己不是多愁善感的人，内心还是比较坚强的。现在才发现，这只是一个假象，我的感情其实脆弱得很。

　　八年以前，我养了一只小猫，取名咪咪。她大概是一只波斯混种的猫，全身白毛，毛又长又厚，冬天胖得滚圆。额头上有一块黑黄相间的花斑，尾巴则是黄的。总之，她长得非常逗人喜爱。因为我经常给她些鱼肉之类的东西吃，她就特别喜欢我。有几年的时间，她夜里睡在我的床上。每天晚上，只要我一铺开棉被，盖上毛毯，她就急不可待地跳上床去，躺在毯子上。我躺下不久，就听到她打呼噜——我们家乡话叫"念经"——的声音。半夜里，我在梦中往往突然感到脸上一阵冰凉，是小猫用舌头来舔我了，有时候还要往我被窝儿里钻。偶尔有一夜，她没有到我床上来，我顿感空荡寂寞，半天睡不着。等我半夜醒来，脚头上沉甸甸的，用手一摸：毛茸茸的一团，心里有说不出的甜蜜感，再次入睡，如游天宫。早晨一起床，吃过早点，坐在书桌前看书写字。这时候咪咪绝不再躺在床上，而是一定要跳上书桌，趴在台灯下面我的书上或稿纸上，有时候还要给我一个屁股，头朝里面。有时候还会摇摆尾巴，把我的书页和稿纸摇乱。过了一些时候，外面天色大亮，我就把咪咪和另外一只纯种"国猫"名叫虎子的黑色斑纹的"土猫"放出门去，到湖边和土山下草坪上去吃点儿青草，就地打几个滚儿，然后跟在我身后散步。我上山，她们就上山；我走下来，她们也跟下来。猫跟人散步是极为稀见的，因此成为朗润园一景。这时候，几乎每天都碰到一位手提鸟笼遛鸟的老退休工人，我们一见面，就相对大笑一阵："你在遛鸟，我在遛猫，我们各有所好啊！"我的一天，往往就是在这种情况下开始的。其乐融融，自不在话下。

大概在一年多以前，有一天，咪咪忽然失踪了。我们全家都有点着急。我们左等，右等；左盼，右盼，望穿了眼睛，只是不见。在深夜，在凌晨，我走了出来，瞪大了双眼，尖起了双耳，希望能在朦胧中看到一团白色，希望能在万籁俱寂中听到一点儿声息。然而，一切都是枉然。这样过了三天三夜，一个下午咪咪忽然回来了。雪白的毛上沾满了杂草，颜色变成了灰突突的，完全一副狼狈不堪的样子。一头闯进门，直奔猫食碗，狼吞虎咽，大嚼一通。然后跳上壁橱，藏了起来，好半天不敢露面。从此，她似乎变了脾气，拉尿不知，有时候竟在桌子上撒尿和拉屎。她原来是一只规矩温顺的小猫咪，完全不是这个样子的。我们都怀疑，她之所以失踪，是被坏人捉走了的，想逃跑，受到了虐待，甚至受到捶挞，好不容易逃了回来，逃出了魔掌，生理上受到了剧烈的震动，才落了一身这样的坏毛病。

我们看了心里都很难受。一个纯洁无辜的小动物，竟被折磨成这个样子，谁能无动于衷呢？可是我又有什么办法？我是最喜爱这个小东西的，心里更好像是结上了一个大疙瘩，然而却是爱莫能助，眼睁睁地看她在桌上的稿纸上撒尿。但是，我决不打她。我一向主张，对小孩子和小动物这些弱者，动手打就是犯罪。我常说，一个人如果自认还有一点儿力量、一点儿权威的话，应当向敌人和坏人施展，不管他们多强多大。向弱者发泄，算不上英雄汉。

然而事情发展却越来越坏，咪咪任意撒尿和拉屎的频率加快了，范围扩大了。在桌上，床下，澡盆中，地毯上，书上，纸上，只要从高处往下一跳，尿水必随之而来。我以耄耋衰躯，匍匐在床下桌下向纵深的暗处去清扫猫屎，钻出来以后，往往喘上半天粗气。我不但毫不气馁，而且大有乐此不疲之慨，心里乐滋滋的。我那年近九旬的老祖笑着说："你从来没有给女儿、儿子打扫过屎尿，也没有给孙子、孙女打扫过，现在却心甘情愿服侍这只小猫！"我笑而不答。我不以为苦，反以为乐。这一点我自己也解释不清楚。

但是，事情发展得比以前更坏了。家人忍无可忍，主张把咪咪赶走。我觉得，让她出去野一野，也许会治好她的病，便同意了。于是在一个晚上把咪咪送出去，关在门外。我躺在床上，辗转反侧，再也睡不着。后来蒙眬睡去，做起梦来，梦到的不是别的什么，而是咪咪。第二天早晨，天还没有亮，我拿着电筒到楼外去找。我知道，她喜欢趴在对面居室的阳台上。拿手电一照，白白的一团，咪咪蜷伏在那里，见到了我咪噢叫个不停，仿佛有一肚子委屈要向我倾诉。我听了这种哀鸣，心酸泪流。如果猫能做梦的话，她梦到的必然是我。她现在大概怨我太狠心了，我只有默默承认，心里痛悔万分。

我知道，咪咪的母亲刚刚死去，她自己当然完全不懂这一套，我却是懂得的。我青年丧母，留下了终天之恨。年近耄耋，一想到母亲，仍然泪流不止。现在竟把思母之情移到了咪咪身上。我心跳手颤，赶快拿来鱼饭，让咪咪饱餐一顿。但是，没有得到家人的同意，我仍然得把咪咪留在外面。而我又放心不下，经常出去看她。我住的朗润园小山重叠，林深树茂，应该说是猫的天堂。可是咪咪硬是不走，总卧在我住宅周围。我有时晚上打手电出来找她，在临湖的石头缝中往往能发现白色的东西，那是咪咪。见了我，她又咪噢直叫。她眼睛似乎有了病，老是泪汪汪的。她的泪也引起了我的泪，我们相对而泣。

我这样一个走遍天涯海角饱经沧桑的垂暮之年的老人，竟为这样一只小猫而失神落魄，对别人来说，可能难以解释，但对我自己来说，却是很容易解释的。从报纸上看到，定居台湾的老友梁实秋先生，在临终前念念不忘的是他的猫。我读了大为欣慰，引为"同志"，这也可以说是"猫坛"佳话吧。我现在再也不硬充英雄好汉了，我俯首承认我是多愁善感的。咪咪这样一只小猫就戳穿了我这只"纸老虎"。我了解到了自己本来的面目，并不感到有什么难堪。

现在，我正在香港讲学，住在中文大学会友楼中。此地背山面海，临窗一望，海天混茫，水波不兴，青螺数点，帆影一片，风光异常美妙，园中有四时不谢之花，八节长春之草，兼又有主人盛情款待，我心中此时乐也。然而我却常有"山川信美非吾土"之感，我怀念北京燕园中我的家人，我的朋友，我的书房，我那堆满书案的稿子。我想到北国就要千里冰封、万里雪飘，"马后桃花马前雪，教人哪得不回头？"我归心似箭，决不会"回头"。特别是当我想到咪咪时，我仿佛听到她的咪噢的哀鸣，心里颤抖不停，想立刻插翅回去。小猫吃不到我亲手给她的鱼肉，也许大惑不解："我的主人哪里去了呢？"猫们不会理解人们的悲欢离合。我庆幸她不理解，否则更会痛苦了。好在我留港时间即将结束，不久就能够见到我的家人、我的朋友。燕园中又多了一个我，咪咪会特别高兴的，她的病也许会好了。北望云天万里，我为咪咪祝福。

1988 年 11 月 8 日写于香港中文大学会友楼

1996 年 1 月 2 日重抄于北大燕园

咪咪二世

凌晨四时，如在冬天，夜气犹浓，黑暗蔽空。我起床，打开电灯，拉开窗帘，玻璃窗外窗台上两股探照灯似的红光正对准我射过来。我知道，小猫咪咪二世已等我给她开门了。

我连忙拿起手电筒，开门，走到黑暗的楼道里，用电筒对着黑暗的门外闪上两闪。立即有一股白烟似的东西，蹿到我的脚下，用浑身白而长的毛蹭我的腿，用嘴咬我的裤腿，用软软的爪子挠我的脚，使我步都迈不开。看样子真好像是多年未见了。实际上昨天晚上我才开门放她出去的。

进屋以后，我给她极小一块猪肝或牛肉，她心满意足了。跳上电冰箱的顶，双眼一眯，呼噜呼噜念起经来了。

多少年来，我一日之计就是这样开始的。

咪咪就完了，为什么还要加上"二世"？原来我养过一只纯白的波斯猫，后来寿限已到，不知道寿终什么寝了。她的名字叫咪咪，她的死让我非常悲哀，我发誓要找一只同样毛长尾粗的波斯猫。皇天不负有心人，后来果然找到了。为了区别于她的前任，我仿效秦始皇的办法，命名为"二世"。是不是也蕴含着一点儿传之万世而无穷的意思呢？没有，咪咪和我都没有秦始皇那样的雄才大略。

不管怎样，咪咪二世已经成了我每天的不太多的喜悦的源泉。在白天，我看书写作一疲倦，往往就到楼外小山下池塘边去散一会儿步。这时候，忽然出我意料，又有一股白烟从草丛里、从野花旁，蓦地蹿了出来，用长而白的毛蹭我的腿，用嘴咬我的裤腿，用软软的爪子挠我的脚，使我步都迈不开。我努力迈步向前走，她就跟在我身后，陪我散步，山上，池边，我走到哪里，她跟到哪里。据有经验的老人说，只有狗才跟人散步，猫是决不肯干的。可是我们的咪咪二世却敢于打破猫们的旧习，成为猫世界的"叛逆的女性"。于是，小猫跟季羡林散步，就成为燕园的一奇，可惜宣传跟不上，否则，这一奇景将同英国王宫卫队换岗一样，名扬世界了。

1993 年 12 月 13 日

老　猫

　　老猫虎子蜷曲在玻璃窗外窗台上一个角落里，缩着脖子，眯着眼睛，浑身一片寂寞、凄清、孤独、无助的神情。

　　外面正下着小雨，雨丝一缕一缕地向下飘落，像是珍珠帘子。时令虽已是初秋，但是隔着雨帘，还能看到紧靠窗子的小土山上丛草依然碧绿，毫无要变黄的样子。在万绿丛中赫然露出一朵鲜艳的红花。古诗"万绿丛中一点红"大概就是这般光景吧。这朵小花如火似燃，照亮了浑茫的雨天。

　　我从小就喜爱小动物。同小动物在一起，别有一番滋味。它们天真无邪，率性而行；有吃抢吃，有喝抢喝；不会说谎，不会推诿；受到惩罚，忍痛挨打；一转眼间，照偷不误。同它们在一起，我心里感到怡然，坦然，安然，欣然。不像同人在一起那样，应对进退、谨小慎微、斟酌词句、保持距离，感到异常的别扭。

　　十四年前，我养的第一只猫，就是这个虎子。刚到我家来的时候，比老鼠大不了多少。蜷曲在窄狭的窗内窗台上，活动的空间好像富富有余。它并没有什么特点，仅是一只最平常的狸猫，身上有虎皮斑纹，颜色不黑不黄，并不美观。但是异于常猫的地方也有，它有两只炯炯有神的眼睛，两眼一睁，还真虎虎有虎气，因此起名叫虎子。它脾气也确实暴烈如虎。它从来不怕任何人。谁要想打它，不管是用鸡毛掸子，还是用竹竿，它从不回避，而是向前进攻，声色俱厉。得罪过它的人，它永世不忘。我的外孙打过它一次，从此结仇。只要他到我家来，隔着玻璃窗子，一见人影，它就做好准备，向前进攻，爪牙并举，吼声震耳。他没有办法，在家中走动，都要手持竹竿，以防万一，否则寸步难行。有一次，一位老同志来看我，他显然是非常喜欢猫的。一见虎子，嘴里连声说着："我身上有猫味，猫不会咬我的。"他伸手想去抚摩它，可万万没有想到，我们虎子不懂什么猫味，回头就是一口。这位老同志大惊失色。总之，到了后来，虎子无人不咬，只有我们家三个主人除外，它的"咬声"颇能耸人听闻了。

但是，要说这就是虎子的全面，那也是不正确的。除了暴烈咬人以外，它还有另外一面，这就是温柔敦厚的一面。我举一个小例子。虎子来我们家以后的第三年，我又要了一只小猫。这是一只混种的波斯猫，浑身雪白，毛很长，但在额头上有一小片黑黄相间的花纹。我们家人管这只猫叫洋猫，起名咪咪；虎子则被尊为土猫。咪咪的脾气同虎子完全相反：胆小、怕人，从来没有咬过人。只有在外面跑的时候，才露出一点儿野性。它只要有机会就溜出大门，但见它长毛尾巴一摆，像一溜烟儿似的立即蹿入小山的树丛中，半天不回家。这两只猫并没有血缘关系。但是，不知道是由于什么原因，一进门，虎子就把咪咪看作是自己的亲生女儿。它自己本来没有什么奶，却坚决要给咪咪喂奶，把咪咪搂在怀里，让它咂自己的干奶头，它眯着眼睛，仿佛在享着天福。我在吃饭的时候，有时丢点儿鸡骨头、鱼刺，这等于猫们的燕窝、鱼翅。但是，虎子却只蹲在旁边，瞅着咪咪一只猫吃，从来不同它争食。有时还"喵噢"上两声，好像是在说："吃吧，孩子！安安静静地吃吧！"有时候，不管是春夏还是秋冬，虎子会从西边的小山上逮一些小动物，麻雀、虾蟆、蝉、蛐蛐之类，用嘴叼着，蹲在家门口，嘴里发出一种怪声。这是猫语，屋里的咪咪，不管是睡还是醒，耸耳一听，立即跑到门后，馋涎欲滴，等着吃母亲带来的佳肴，大快朵颐。我们家人看到这样母子亲爱的情景，都由衷地感动，一致把虎子称作"义猫"。有一年，小咪咪生了两个小猫。大概是初做母亲，没有经验，正如我们圣人所说的那样"未有学养子而后嫁者也"，人们能很快学会，而猫们则不行。咪咪丢下小猫不管，虎子却大忙特忙起来，觉不睡，饭不吃，日日夜夜把小猫搂在怀里。但小猫是要吃奶的，而奶正是虎子所缺的。于是小猫暴躁不安，虎子眉头一皱，计上心来，叼起小猫，到处追着咪咪，要它给小猫喂奶，还真像一个姥姥的样子。但是小咪咪并不领情，依旧不给小猫喂奶。有几天的时间，虎子不吃不喝，瞪着两只闪闪发光的眼睛，嘴里叼着小猫，从这屋赶到那屋，一转眼又赶了回来。小猫大概真是受不了啦，便辞别了这个世界。

我看了这出猫家庭里的悲剧又是喜剧，实在是爱莫能助，惋惜了很久。

我同虎子和咪咪都有深厚的感情。每天晚上，它们俩抢着到我床上去睡觉。在冬天，我在棉被上面特别铺上了一块布，供它们躺卧。我有时候半夜里醒来，神志一清醒，觉得有什么东西重重地压在我身上，一股暖气仿佛透过了两层棉被，扑到我的双腿上。我知道，小猫睡得正香，即使我的双腿由于僵卧时间过久，又酸又痛，但我总是强忍着，决不动一动双腿，免得惊了小猫的轻梦。它此时也许正梦着捉住了一只耗子，只要我的腿一动，它这耗子就吃不成了，岂非大煞风景吗？

这样过了几年，小咪咪大概有八九岁了。虎子比它大三岁，十一二岁的光景，依然威风凛凛，脾气暴烈如故，见人就咬，大有死不改悔的神气。而小咪咪则出我意料地露出了下世的光景。常常到处小便，桌子上，椅子上，沙发上，无处不便。如果到医院里去检查的话，大夫在列举的病情中一定会有一条的：小便失禁。最让我心烦的是，它偏偏看上了我桌子上的稿纸。我正写着什么文章，它却根本不管这一套，跳上去，屁股往下一蹲，一泡猫尿流在上面，还闪着微弱的光。说我不急，那不是真的。我心里真急，但是，我谨遵我的一条戒律：决不打小猫一掌，在任何情况之下，也不打它。此时，我赶快把稿纸拿起来，抖掉了上面的猫尿，等它自己干。心里又好气又好笑，真是哭笑不得。家人对我的嘲笑，我置若罔闻，"全等秋风过耳边"。

我不信任何宗教，也不皈依任何神灵。但是，此时我却有点儿想迷信一下。我期望会有奇迹出现，让咪咪的病情好转。可世界上是没有什么奇迹的，咪咪的病一天一天地严重起来。它不想回家，喜欢在房外荷塘边上石头缝里待着，或者藏在小山的树木丛里。它再也不在夜里睡在我的被子上了。每当我半夜醒来，觉得棉被上轻飘飘的，我惘然若有所失，甚至有点悲伤了。我每天凌晨起来，第一件事情就是拿着手电到房外、塘边、山上去找咪咪。它浑身雪白，是很容易找到的。在薄暗中，我眼前白白地一闪，我就知道是咪咪。见了我，它"咪噢"一声，起身向我走来。我把它抱回家，给它东西吃，它似乎根本没有胃口。我看了直想流泪。有一次，我拖着疲惫的身子，走几里路，到海淀的肉店里去买猪肝和牛肉。拿回来，喂给咪咪，它一闻，似乎有点儿想吃的样子；但肉一沾唇，它立即又把头缩回去，闭上眼睛，不闻不问了。

一天傍晚，我看咪咪神情很不妙，预感要发生什么事情。我唤它，它不肯进屋。我把它抱到篱笆以内，窗台下面。我端来两只碗，一只盛吃的，一只盛水。我拍了拍它的脑袋，它偎依着我，"咪噢"叫了两声，便闭上了眼睛。我放心进屋睡觉。第二天凌晨，我一睁眼，三步并作一步，手里拿着手电，到外面去看。哎呀不好！两碗全在，猫影顿杳。我心里非常难过，说不出是什么滋味。我手持手电找遍了塘边，山上，树后，草丛，深沟，石缝。有时候，眼前白光一闪。"是咪咪！"我狂喜。走近一看，是一张白纸。我嗒然若丧，心头仿佛被挖掉了点儿什么。"屋前屋后搜之遍，几处茫茫皆不见。"从此我就失掉了咪咪，它从我的生命中消逝了，永远永远地消逝了。我简直像是失掉了一个好友，一个亲人。至今回想起来，我内心还颤抖不止。

在我心情最沉重的时候，有一些通达世事的好心人告诉我，猫有一种特殊的本领，能知道自己什么时候寿终。到了此时此刻，它们决不待在主人家里，让主人看到死猫，感到心烦，或感到悲伤。它们总是逃了出去，到一个最僻静、最难找的角落里，地沟里，山洞里，树丛里，等候最后时刻的到来。因此，养猫的人大都在家里看不见死猫的尸体。只要自己的猫老了，病了，出去几天不回来，他们就知道，它已经离开了人世，不让举行遗体告别的仪式，永远永远不再回来了。

我听了以后，憬然若有所悟。我不是哲学家，也不是宗教家，但却读过不少哲学家和宗教家谈论生死大事的文章。这些文章多半有非常精辟的见解，闪耀着智慧的光芒，我也想努力从中学习一些有关生死的真理，结果却是毫无所得。那些文章中，除了说教以外，几乎没有什么有用的东西。大半都是老生常谈，不能解决什么实际问题，没能给我留下深刻的印象。现在看来，倒是猫们临终时的所作所为，即使仅仅是出于本能吧，却给了我很大的启发。人们难道就不应该向猫们学习这一点儿经验吗？有生必有死，这是自然规律，谁都逃不过。中国历史上的赫赫有名的人物，秦皇、汉武，还有唐宗，想方设法，千方百计，想求得长生不老。到头来仍然是竹篮子打水一场空，只落得黄土一抔，"西风残照汉家陵阙"。我辈平民百姓又何必煞费苦心呢？一个人早死几个小时，或者晚死几个小时，甚至几天，实在是无所谓的小事，绝影响不了地球的转动、社会的前进。再退一步想，现在有些思想开明的人士，不想长生不死，不想在大地上再留黄土一抔；甚至开明到不要遗体告别，不要开追悼会。但是仍会给后人留下一些麻烦：登报，发讣告，还要打电话四处通知，总得忙上一阵。何不学一学猫们呢？它们这样处理生死大事，干得何等干净利索呀！一点儿痕迹也不留，走了，走了，永远地走了，让这花花世界的人们不见猫尸，用不着落泪，照旧做着花花世界的梦。

　　我忽然联想到我多次看过的敦煌壁画上的西方净土。所谓"净土"，指的就是我们常说的天堂、乐园。是许多宗教信徒烧香念佛，查经祷告，甚至实行苦行，折磨自己，梦寐以求想到达的地方。据说在那里可以享受天福，得到人世间万万得不到的快乐。我看了壁画上画的房子、街道、树木、花草，以及大人、小孩儿，林林总总，觉得十分热闹。可我觉得没有什么出奇之处。只有一件事给我留下了永不磨灭的印象，那就是，那里的人们都是笑口常开，没有一个人愁眉苦脸，他们的日子大概过得都很惬意。不像在我们人间有这样许多不如意的事情，有时候办点儿事，还要找后门，钻空子。在他们的商店里——净土里面还实行市场经济吗？他们还用得着商店吗？——售货员大概都很和气，不给人白眼，不训斥"上帝"，不扎堆闲侃，不给人钉子碰。这样的天堂乐园，我也真是心向往之的。但是给我印象最深，使我最为吃惊或者羡慕的还是他们对待要死的人的态度。那里的人，大概同人世

间的猫们差不多，能预先知道自己寿终的时刻。到了此时，要死
的老嬷嬷或者老头儿，健步如飞地走在前面，身后簇拥着自己的
子子孙孙、至亲好友，个个喜笑颜开，全无悲戚的神态，仿佛是
去参加什么喜事一般，一直把老人送进坟墓。后事如何，壁画不
是电影，是不能动的。然而画到这个程序，以后的事尽在不言中。
如果一定要画上填土封坟，反而似乎是多此一举了。我觉得，净
土中的人们给我们人类争了光。他们这一手比猫们又漂亮多了。
知道必死，而又兴高采烈，多么豁达！多么聪明！猫们能做得到
吗？这证明，净土里的人们真正参透了人生奥秘，真正参透了自
然规律。人为万物之灵，他们为我们人类在同猫们对比之下真真
增了光！真不愧是净土！

　　上面我胡思乱想得太远了，还是回到我们人世间来吧。我坦
白承认，我对人生的奥秘参透得还不够，我对自然规律参透得也
还不够。我仍然十分怀念我的咪咪。我心里仿佛有一个空白，非
填起来不行。我一定要找一只同咪咪一模一样的白色波斯猫。后
来果然朋友又送来了一只，浑身长毛，洁白如雪，两只眼睛全是
绿的，亮晶晶像两块绿宝石。为了纪念死去的咪咪，我仍然为它
命名"咪咪"，见了它，就像见到老咪咪一样。过了大约又有一年
的光景，友人又送了我一只据说是纯种的波斯猫，两只眼睛颜色
不同，一黄一蓝。在太阳光下，黄的特别黄，蓝的特别蓝，像两
颗黄蓝宝石，闪闪发光，竞妍争艳。这只猫特别调皮，简直是胆
大无边，然而也因此就更可爱。这一下子又忙坏了虎子，它认为

这两只小猫都是自己的亲生女儿，硬逼着它们吮吸自己那干瘪的奶头。只要它走出去，不知在什么地方弄到了小鸟、蚱蜢之类，就带回家来，给两只小猫吃。好久没有听到的"咪噢"唤小猫的声音，现在又听到了。我心里漾起了一丝丝甜意。这大大地减轻了我对老咪咪的怀念。

可是岁月不饶人，也不会饶猫的。这只"土猫"虎子已经活到十四岁。据通达世情的人们说，猫的十四岁，就等于人的八九十岁。这样一来，我自己不是成了虎子的同龄"人"了吗？这个虎子却也真怪，有时候，颇现出一些老相。两只炯炯有神的眼睛里忽然被一层薄膜蒙了起来。嘴里流出了哈喇子，胡子上都沾得亮晶晶的。不大想往屋里来，日日夜夜趴在阳台上、蜂窝煤堆上，不吃，不喝。我有了老咪咪的经验，知道它快不行了。我也跑到海淀，去买来牛肉和猪肝，想让它不要饿着肚子离开这个世界。我随时准备着：第二天早晨一睁眼，虎子不见了。结果虎子并没有这样干。我天天凌晨第一件事就是来看虎子；隔着窗子，依然黑乎乎的一团，卧在那里，我心里感到安慰。有时候，它也起来走动了。我在本文开头时写的就是去年深秋一个下雨天我隔窗看到的虎子的情况。

到了今天，半年又过去了。虎子不但没有走，而且顽健胜昔，仍然是天天出去。有时候在晚上，窗外的布帘子的一角蓦地被掀了起来，一个丑角似的三花脸一闪。我便知道，这是虎子回来了，连忙开门，放它进来。大概同某些老年人一样——不是所有的老年人——到了暮年就改恶向善，虎子的脾气大大地改变了。几乎再也不咬人了。我早晨摸黑起床，写作看书累了，常常到门外湖边山下去走一走。此时，我冷不防脚下忽然踢着了一团软乎乎的东西。这是虎子，它在夜里不知道在什么地方待了一夜，现在看到了我，一下子蹿了出来，用身子蹭我的腿，在我身前和身后转悠。它跟着我，亦步亦趋，我走到哪里，它就跟到哪里，寸步不离。我有时故意爬上小山，以为它不会跟来了，然而一回头，虎子正跟在身后。猫是从来不跟人散步的，只有狗才这样干。有时候碰到过路的人，他们见了这情景，都大为吃惊。"你看猫跟着主人散步哩！"他们说，露出满脸惊奇的神色。最近一个时期，虎子似乎更精力旺盛了，它返老还童了。有时候竟带一个它重孙辈的小公猫到我们家阳台上来。"今夜我们相识。"虎子用不着介绍就相识了。看样子，虎子一去不复返的日子遥遥无期了。我成了拥有三只猫的家庭的主人。

我养了十几年猫，前后共有四只。猫们向人们学习什么，我不通猫语，无法询问。我作为一个人却确实向猫学习了一些有用的东西。上面讲过的对处理死亡的办法，就是一个例子。我自己毕竟年纪已经很大了，常常想到死的问题。鲁迅五十多岁就想到了，我真是瞠乎后矣。人生必有死，这是无法抗御的。而且我还认为，死也是好事情。如果世界上的人都不死，连我们的轩辕老祖和孔老夫子今天依然峨冠博带，坐着奔驰车，到天安门去遛弯儿，你想人类世界会成一个什么样子！人是百代的过客，总是要走过去的，这绝不会影响地球的转动和人类社会的进步。每一代人都只是一场没有终点的长途接力赛的一环。前不见古人，后不见来者，是宇宙常规。人老了要死，像在净土里那样，应该算是一件喜事。老人跑完了自己的一棒，把棒交给后人，自己要休息了，这是正常的。不管快慢，他们总算跑完了一棒，总算对人类的进步做出了贡献，总算尽上了自己的天职。年老了要退休，这是身体精神状况所决定的，不是哪个人能改变的。老人们会不会感到寂寞呢？我认为，会的。但是我却觉得，这寂寞是顺乎自然的，从伦理的高度来看，甚至是应该的。我始终主张，老年人应该为青年人活着，而不是相反。青年人有接力棒在手，世界是他们的，未来是他们的，希望是他们的。吾辈老年人的天职是尽上自己仅存的精力，帮助他们前进，必要时要躺在地上，让他们踏着自己的躯体前进，前进。如果由于害怕寂寞而学习《红楼梦》里的贾母，让一家人都围着自己转，这不但是办不到的，而且从人类前途利益来看是犯罪的行为。我说这些话，也许有人怀疑，我是不是碰到了什么不如意的事，才说出这样令某些人骇怪的话来。不，不，绝不。我现在身体顽健，家庭和睦，在社会上广有朋友，每天照样读书、写作、会客、开会不辍。我没有不如意的事情，也没有感到寂寞。不过自己毕竟已逾耄耋之年，面前的路有限了。不免有时候胡思乱想。而且，我同猫们相处久了，觉得它们有些东西确实值得我们学习，我们这些万物之灵应该屈尊一下。学习学习。即使只学到猫们处理死亡大事这一手，我们社会上会减少多少麻烦呀！

"那么，你是不是准备学习呢？"我仿佛听到有人这样质问了。是的，我心里是想学习的。不过也还有些困难。我没有猫的本能，我不知道自己的大限何时来到。而且我还有点儿担心，如果我真正学习了猫，有一天忽然偷偷地溜出了家门，到一个旮旯里、树丛里、山洞里、河沟里，一头钻进去，藏了起来，这样一来，我们人类社会可不像猫社会那样平静，有些人必然认为这是特大新闻，指手画脚，喊喊喳喳。如果是在旧社会里或者在今天的香港等地的话，这必将成为头版头条的爆炸性新闻，不亚于当年的杨乃武和小白菜。我的亲属和朋友也必将派人出去寻找，派的人也许比寻找彭加木的人还要多。这是多么可怕的事呀！因此我就迟疑起来。至于最后究竟何去何从？我正在考虑、推敲、研究。

1992 年 2 月 17 日

乌鸦和鸽子

　　傍晚，我们来到了清凉宫。正当我全神贯注地欣赏绿玉似的草地和珊瑚似的小红花的时候，忽然听到天空里一阵哇哇的叫声。啊！是乌鸦。一片黑影遮蔽了半个天空，想不到暮鸦归巢的情景竟在这里看到了。

　　这使我立即想起了三十多年以前我第一次缅甸之行。我首先到了仰光，那种堆绿叠翠的热带风光牢牢地吸引了我。但是，更吸引了我使我感到无限惊异的是那里的乌鸦之多。我敢说，在世界的任何地方都不会有这么多的乌鸦。据说，缅甸人虔信佛教，佛教禁止杀生到了可笑的地步。乌鸦就趁此机会大大地繁殖起来，其势猛烈，大有将三千大千世界都化为乌鸦王国的劲头。

　　我曾在距离仰光不太远的伊洛瓦底江口看到我生平第一次见到的最大的乌鸦群，恐怕有几万只。停泊在江边的大小船上的桅杆上、船舱上、船边上，到处都落满了乌鸦，漆黑一大片。在空中盘旋飞翔的，数目还要超过几倍。简直成了乌鸦的世界，乌鸦的天堂，乌鸦的乐园，乌鸦的这个，乌鸦的那个，我理屈词穷，我说不出究竟是乌鸦的什么了。

今天早晨，也就是到清凉宫去的第二天的早晨，参观哈奴曼多卡古王宫时，我又第二次看到了生平见到的最大的乌鸦群之一，大概有上千只吧。它们忽然一下子从王宫高塔的背面飞了出来，呼哨一声，其势惊天动地，在王宫天井上盘旋了一阵，又呼哨一声，飞到不知道什么地方去了。

乌鸦在中国古代被认为是不吉祥的动物，名声不佳。人们听到它们的鸣声，往往起厌恶之感。可是这些年以来，在北京，甚至在树木葱茏的燕园里面，除了麻雀以外，别的鸟很少见到了。连令人讨厌的乌鸦也逐渐变得不那么讨厌了。它们那种绝不能算是美妙的叫声，现在听起来大有日趋美妙之势了。

我在加德满都不但见到了乌鸦，而且见到了鸽子。

鸽子在北京现在还是能够见到的，都是人家养的，从来没有听说过野鸽子。记得我去年春天到印度新德里去参加《罗摩衍那》的作者（蚁垤）国际诗歌节，住在一家所谓五星旅馆的第十九层楼上。有一天，我出去开会，忘记了关窗子。回来一开门，听到鸽子咕噜咕噜的叫声。原来有两位长着翅膀的不速之客，趁我不在的时候，到我房间里来了。两只鸽子就躲在我的沙发下面亲热起来，谈情说爱，卿卿我我，正搞得火热。看到我进来，它俩坦然无动于衷，丝毫没有想逃避的意思，也看不出一点儿内疚之意。倒是我对于这种"突然袭击"感到有点儿局促不安了。原来印度人绝不伤害任何动物。鸽子们大概从它们的鼻祖起就对人不怀戒心，它们习惯于同人们和平共处了。反观我们自己的国家，情况有很大的不同。专就北京来说，鸟类的数目越来越少。每当我在燕园内绿树成荫的地方，或者在清香四溢的荷花池边，看到年轻人手持猎枪、横眉竖目，在寻觅枝头小鸟的时候，我简直内疚于心，说不出话来。难道在这些地方我们不应该向印度等国家学习吗？

我不是哲学家，也不喜欢，更不擅长去哲学地思考。但是古今中外都有不少的哲人，主张人与大自然应该浑然一体，人与鸟兽（有害于人类的适当除外）应该和睦相处，相向无猜，谁也离不开谁，谁都在大自然中有生存的权利。我是衷心地赞成这些主张的。即使到了人类大同的地步，除了人与人之间的关系应该同过去完全不同之外，人与大自然的关系，其中也包括人与鸟兽的关系，也应该大大地改进。我不相信任何宗教，我也不是素食主义者。人类赖以为生的动植物，非吃不行的，当然还要吃。只是那些不必要的、损动物而不利己的杀害行为，应该断然制止。写到这里，我忽然想到一件不大不小的事：过去有一段时间，竟然把种草养花视为修正主义。我百思不得其解。有这种主张的人有何理由？是何居心？真使我惊诧不置。世界一切美好的东西，不管是人类，还是鸟兽虫鱼，花草树木，我们都应该会欣赏，有权利去欣赏。我认为，这是天经地义的真理。难道在僵化死板的气氛中生活下去才算得上是唯一正确的吗？

写到这里，正是黎明时分，窗外加德满都的大雾又升起来了。从弥漫天地的一片白色浓雾的深处传来了咕咕的鸽子声，我的心情立刻为之一振，心旷神怡，好像饮了尼泊尔和印度神话中的甘露。

1986 年 11 月 26 日凌晨

加德满都的狗

　　我小时候住在农村，终日与狗为伍，一点儿也没有感觉到狗这种东西有什么稀奇的地方。但是狗却给我留下了极其深刻的印象。我母亲逝世以后，故乡的家中已经空无一人。她养的一条狗——连它的颜色我现在都回忆不清楚了——却仍然日日夜夜卧在我家门口，守着不走。女主人已经离开人世，再没有人喂它了。它好像已经意识到这一点，但是它却宁愿忍饥挨饿，也决不离开我们那破烂的家门口。黄昏时分，我形单影只地从村内走回家来，屋子里摆着母亲的棺材，门口卧着这只失去了主人的狗，泪眼汪汪地望着我这个失去了慈母的孩子，有气无力地摇摆着尾巴，嗅我的脚。茫茫宇宙，好像只剩下这只狗和我。此情此景，我连泪都流不出来了，我流的是血，而这血还是流向我自己的心中。我本来应该同这只狗相依为命，互相安慰。但是，我必须离开故乡，我又无法把它带走。离别时，我流着泪紧紧地搂住了它，我遗弃了它，真正受到了良心的谴责。几十年来，我经常想到这只狗，直到今天，我一想到它，还会不自主地流下眼泪。我相信，我离开家以后，它也决不会离开我们的门口。它的结局我简直不忍想下去了。母亲有灵，会从这只狗身上得到我这个儿子无法给她的慰藉吧。

从此，我爱天下一切狗。

但是我迁居大城市以后，看到的狗渐渐少起来了。最近多少年以来，北京根本不许养狗，狗简直成了稀有动物，只有到动物园里才能欣赏了。

万万没有想到，我到了加德满都以后，一下飞机，在机场受到热情友好的接待。汽车一驶离机场，驶入市内，在不算太宽敞的马路两旁就看到了大狗、小狗、黑狗、黄狗，在一群衣履比较随便的小孩子们中间，摇尾乞食，低头觅食。

这是一件小事，却使我喜出望外：久未晤面的亲爱的狗竟在万里之外的异域会面了。

狗们大概完全不理解我的心情，它们大概连辨别本国人和外国人的本领还没有学到。我这里一往情深，它们却漠然无动于衷，只是在那里摇尾低头，到处嗅着，想找到点儿什么东西吃吃。

晚上，我们从中国大使馆回旅馆的时候，天已经完全黑了。加德满都的大街上，电灯不算太多，霓虹灯的数目更少一些。我在阴影中又隐隐约约地看到了大狗、小狗、黑狗、黄狗，在那里到处嗅着。回到旅馆，沐浴后上床的时候，从远处的黑暗中传来了阵阵的犬吠声。古人说，深夜犬吠若豹。我现在听到的不是吠声若豹，而是吠声若犬。这事当然并不稀奇。可这并不稀奇的若犬的犬吠声却给我带来了无尽的甜蜜的回忆。这甜蜜的犬吠声一直把我送入我在加德满都过的第一夜的梦中。

1986 年 11 月 25 日凌晨于苏尔提宾馆

二月兰

　　一转眼，不知怎样一来，整个燕园竟成了二月兰的天下。

　　二月兰是一种常见的野花。花朵不大，紫白相间。花形和颜色都没有什么特异之处。如果只有一两棵，在百花丛中，绝不会引起任何人的注意。但是它却以多取胜，每到春天，和风一吹拂，便绽开了小花；最初只有一朵，两朵，几朵。但是一转眼，在一夜间，就能变成百朵，千朵，万朵。大有凌驾百花之势了。

　　我在燕园已经住了四十多年。最初我并没有特别注意到这种小花。直到前年，也许正是二月兰开花的大年，我蓦地发现，从我住的楼旁小土山开始，走遍了全园，眼光所到之处，无不有二月兰在。宅旁，篱下，林中，山头，土坡，湖边，只要有空隙的地方，都是一团紫气，间以白雾，小花开得淋漓尽致，气势非凡，紫气直冲云霄，连宇宙都仿佛变成紫色的了。

　　在迷离恍惚中，我忽然发现二月兰爬上了树，有的已经爬上了树顶，有的正在努力攀登，连喘气的声音似乎都能听到。我这一惊可真不小：莫非二月兰真成了精了吗？再定睛一看，原来是二月兰丛中的一些藤萝，也正在开着花，花的颜色同二月兰一模一样，所差的就仅仅只缺少那团白雾。我实在觉得我这个幻觉非常有趣。带着清醒的意识，我仔细观察起来：除了花形之外，颜色真是一般无二。反正我知道了这是两种植物，心里有了底，然而再一转眼，我仍然看到二月兰往枝头爬。这是真的呢？还是幻觉？——由它去吧。

自从意识到二月兰存在以后，一些同二月兰有联系的回忆立即涌上心头。原来很少想到的或根本没有想到的事情，现在想到了；原来认为十分平常的琐事，现在显得十分不平常了。我一下子清晰地意识到，原来这种十分平凡的野花竟在我的生命中占有这样重要的地位。我自己也有点儿吃惊了。

我回忆的丝缕是从楼旁的小土山开始的。这一座小土山，最初毫无惊人之处，只不过二三米高，上面长满了野草。当年歪风狂吹时，每次"打扫卫生"，全楼住的人都被召唤出来拔草，不是"绿化"，而是"黄化"。我每次都在心中暗恨这小山野草之多。后来不知由于什么原因，把山堆高了一两米。这样一来，山就颇有一点儿山势了。东头的苍松，西头的翠柏，都仿佛恢复了青春，一年四季，郁郁葱葱。中间一棵榆树，从树龄来看，只能算是松柏的曾孙，然而也枝干繁茂，高枝直刺入蔚蓝的晴空。

我不记得从什么时候起我注意到小山上的二月兰。这种野花开花大概也有大年小年之别的。碰到小年，只在小山前后稀疏地开上那么几片。遇到大年，则山前山后开成大片。二月兰仿佛发了狂。我们常讲什么什么花"怒放"，这个"怒"字用得真是无比地奇妙。二月兰一"怒"，仿佛从土地深处吸来一股原始力量，一定要把花开遍大千世界，紫气直冲云霄，连宇宙都仿佛变成紫色的了。

东坡的词说："人有悲欢离合，月有阴晴圆缺，此事古难全。"但是花们好像是没有什么悲欢离合。应该开时，它们就开；该消失时，它们就消失。它们是"纵浪大化中"，一切顺其自然，自己无所谓什么悲与喜。我的二月兰就是这个样子。

然而，人这个万物之灵却偏偏有了感情，有了感情就有了悲欢。这真是多此一举，然而没有法子。人自己多情，又把情移到花，"泪眼问花花不语"，花当然"不语"了。如果花真"语"起来，岂不吓坏了人！这些道理我十分明白。然而我仍然把自己的悲欢挂到了二月兰上。

当年老祖还活着的时候，每到春天二月兰开花的时候，她往往拿一把小铲，带一个黑书包，到成片的二月兰旁青草丛里去搜挖荠菜。只要看到她的身影在二月兰的紫雾里晃动，我就知道在午餐或晚餐的餐桌上必然弥漫着荠菜馄饨的清香。当婉如还活着的时候，她每次回家，只要二月兰正在开花，她离开时，就会穿过左手是二月兰的紫雾，右手是湖畔垂柳的绿烟，匆匆忙忙走去，把我的目光一直带到湖对岸的拐弯处。当小保姆杨莹还在我家时，她也同小山和二月兰结上了缘。我曾套清词写过三句话："午静携侣寻野菜，黄昏抱猫向夕阳，当时只道是寻常。"我的小猫虎子和咪咪还在世的时候，我也往往在二月兰丛里看到它们：一黑一白，在紫色中格外显眼。

所有这些琐事都是寻常到不能再寻常了。然而，曾几何时，到了今天，老祖和婉如已经永远永远地离开了我们。小莹也回了山东老家。至于虎子和咪咪也各自遵循猫的规律，不知钻到了燕园中哪一个幽暗的角落里，等待死亡的到来。老祖和婉如的走，把我的心都带走了。虎子和咪咪我也忆念难忘。如今，天地虽宽，阳光虽照样普照，我却感到无边的寂寥与凄凉。回忆这些往事，如云如烟。原来是近在眼前，如今却如蓬莱灵山，可望而不可即了。

对于我这样的心情和我的一切遭遇，我的二月兰无动于衷，照样自己开花。今年又是二月兰开花的大年。在校园里，眼光所到之处，无不有二月兰在。宅旁，篱下，林中，山头，土坡，湖边，只要有空隙的地方，都是一团紫气，间以白雾，小花开得淋漓尽致，气势非凡，紫气直冲霄汉，连宇宙都仿佛变成紫色的了。

这一切都告诉我，二月兰是不会变的，世事沧桑，于它如浮云。然而我却是在变的，月月变，年年变。我想以不变应万变，然而办不到。我想学习二月兰，然而办不到。不但如此，它还硬把我的记忆牵回到我一生最倒霉的时候。在"十年浩劫"中，我自己跳出来反对北大那一位"老佛爷"，被抄家，被打成了"反革命"。正是在二月兰开花的时候，我被管制劳动改造。有很长一段时间，我每天到一个地方去捡破砖碎瓦，还随时准备着被押解到什么地方去"批斗"，坐喷气式，还要挨上一顿揍，打得鼻青脸肿。可是在砖瓦缝里二月兰依然开放，怡然自得，笑对春风，好像是在嘲笑我。

我当时日子实在非常难过。我知道正义是在自己手中，可是是非颠倒，人妖难分，我呼天天不应，叫地地不答，一腔义愤，满腹委屈，毫无人生之趣。在很长一段时间内，我成了"不可接触者"，几年没接到过一封信，很少有人敢同我打个招呼。我虽处人世，实为异类。

然而我一回到家里，老祖、德华她们，在每人每月只能得到恩赐十几元钱生活费的情况下，殚思竭虑，弄一点儿好吃的东西，希望能给我增加点儿营养；更重要的恐怕还是，希望能给我增添点儿生趣。婉如和延宗也尽可能地多回家来。我的小猫憨态可掬，依偎在我的身旁。它们不懂哲学，分不清两类不同性质的矛盾。人视我为异类，它们视我为好友，从来没有表态要同我划清界限。所有这一些极其平常的琐事，都给我带来了无量的安慰。窗外尽管千里冰封，室内却是暖气融融。我觉得，在世态炎凉中，还有不炎凉者在。这一点儿暖气支撑着我，走过了人生最艰难的一段路，没有堕入深涧，一直到今天。

我感觉到悲，又感觉到欢。

到了今天，天运转动，否极泰来，不知怎么一来，我一下子成为"极可接触者"，到处听到的是美好的言辞，到处见到的是和悦的笑容。我从内心里感激我这些新老朋友，他们绝对是真诚的。他们鼓励了我，他们启发了我。然而，一回到家里，虽然德华还在，延宗还在，可我的老祖到哪里去了呢？我的婉如到哪里去了呢？还有我的虎子和咪咪一世到哪里去了呢？世界虽照样朗朗，阳光虽照样明媚，我却感觉异样的寂寞与凄凉。

我感觉到欢，又感觉到悲。

我年届耄耋，前面的路有限了。几年前，我写过一篇短文，叫《老猫》，意思很简明，我一生有个特点：不愿意麻烦人。了解我的人都承认。难道到了人生最后一段路上我就要改变这个特点吗？不，不，不想改变。我真想学一学老猫，到了大限来临时，钻到一个幽暗的角落里，一个人悄悄地离开人世。

这话又扯远了。我并不认为眼前就有制订行动计划的必要。我还有很多事情要做，而且我的健康情况也允许我去做。有一位青年朋友说我忘记了自己的年龄。这话极有道理。可我并没有全忘。有一个问题我还想弄弄清楚哩。按说我早已到了"悲欢离合总无情"的年龄，应该超脱一点儿了。然而在离开这个世界以前，我还有一件心事：我想弄清楚，什么叫"悲"？什么又叫"欢"？是我成为"不可接触者"时悲呢？还是成为"极可接触者"时欢？如果没有老祖和婉如的逝世，这问题本来是一清二白的，现在却是悲欢难以分辨了。我想得到答复。我走上了每天必登临几次的小山，我问苍松，苍松不语；我问翠柏，翠柏不答。我问三十多年来目睹我这些悲欢离合的二月兰，它也沉默不语，兀自万朵怒放，笑对春风，紫气直冲霄汉。

1993 年 6 月 11 日写完

鳄鱼湖

人是不应该没有一点儿幻想的，即使是胡思乱想，甚至想入非非，也无大碍，总比没有要强。

要举例子嘛，那真是俯拾皆是。古代的英雄们看到了皇帝老子的荣华富贵，口出大言"彼可取而代也"，或者"大丈夫当如是也"。我认为，这就是幻想。牛顿看到苹果落地而悟出了地心引力，最初难道也不就是幻想吗？有幻想的英雄们，有的成功，有的失败，这叫作天命，新名词叫机遇。有幻想的科学家们则在人类科学史上占了光辉的位置。科学不能靠天命，靠的是人工。

我说这些空话，是想引出一个真人来，引出一件实事来。这个人就是泰国北榄鳄鱼湖动物园的园主杨海泉先生。

鳄鱼这玩意儿，凶狠丑陋，残忍狞恶，从内容到形式，从内心到外表，简直找不出一点儿美好的东西。除了皮可以为贵夫人、贵小姐制造小手提包，增加她们的娇媚和骄纵外，浑身上下简直一无可取。当年韩文公驱逐鳄鱼的时候，就称它们为"丑类"，说它们"然不安溪潭，据处食民畜、熊、豕、鹿、獐，以肥其身，以种其子孙"。到了今天，鳄鱼本性难移，毫无改悔之意，谁见了谁怕，谁见了谁厌；然而又无可奈何，只有怕而远之了。

然而唯独一个人不怕不厌，这个人就是杨海泉先生。他有幻想，有远见。幻想与远见相隔一毫米，有时候简直就是一码事。他独具慧眼，竟然在这个"丑类"身上看出了门道。他开始饲养起鳄鱼来。他的事业发展的过程，我并不清楚。大概也必然是经过了千辛万苦，三灾八难，他终于成功了。他成了蜚声寰宇的也许是唯一的一个鳄鱼大王，被授予了名誉科学博士学位。关于他的故事在世界上纷纷扬扬，流传不已。鳄鱼，还有人妖，成了泰国旅游的热点，大有"不看鳄鱼非好汉"之慨了。

今天我来到了鳄鱼湖。天气晴朗，热浪不兴，是十分理想的旅游天气。我可绝没有想到，杨先生竟在百忙中亲自出来接待我们。我同他一见面，心里就吃了一惊：站在我面前的难道就是杨海泉先生本人吗？这样一个传奇式的人物，即使不是三头六臂，朱齿獠牙，至少也应该有些特点。干脆说白了吧，我心中想象的杨先生应该粗一点儿，壮一点儿，甚至野一点儿。一个不是大学出身，不是科举出身，而又天天同吃人不眨眼的"丑类"打交道的人，没有上面说的三个"一点儿"，怎么能行呢？然而站在我面前的人，温文尔雅，谦虚热情，话说不多，诚恳却溢于言表，同我的想象大相径庭。然而，事实就是这个样子，我只有心悦诚服地接受了。

杨先生不但会见了我们，而且还亲自陪我们参观，这样一个世界知名的鳄鱼湖，又有这样理想的天气。园子里挤满了游人，黑眼黑发，碧眼黄发，耄耋老人，童稚少年，摩登女郎，淳朴村妇，交相辉映，满园喧腾，好一派热闹景象。我看，我们中国大陆来的人，心情都很好，在热带阳光的照晒下，满面春风。

我们先在一座大会议厅里看了本园概况和发展历史的影片，然后走出来参观。但是，偌大一个园子，简直如一部二十四史，不知从何处看起，幸亏园主就在我们眼前，还是听他调度吧。

他先带我们到一个完全出乎我意料的地方去：一个地上趴着一只猛虎的亭子里，我原以为是一个老虎标本摆在那儿，供人照相用作背景的。因为这里并没有像其他动物园里那样有庞大的铁笼子，没有铁笼子怎么敢养老虎呢？然而，我仔细一看，地上趴的确确实实是一只活老虎，脖子上拴着铁链子。一个小男孩儿蹲在虎的背后，面对老虎的是几个拍照的小姑娘。我一看，倒抽了一口冷气；说老实话，双腿都有些发颤了。我看了看那几个泰国的男女小孩儿，又看了看园主，只见他们面色怡然，神情坦然，我也只好强压下紧张的情绪，走了进。跨过一个铁槛杆，主人领我转到老虎背后，要与虎合影，我战战兢兢地跟在主人身后，同园主一起，摆好了照相的架势。园主示意我用手抚摩老虎的脖子。俗话说："老虎屁股摸不得。"老虎的屁股都摸不得，哪里还敢抚摩老虎的脖子呢？我曾在印度海德拉巴的动物园中摸过老虎的屁股；但那是老虎被锁在仅容一身的铁笼子里，人站在笼子外面，哆里哆嗦地摸上一把，自己就仿佛成了一个准英雄了。今天是同老虎在一起，中间没有铁栏杆，我的手实在不敢往下放。正在这关键时刻，也许是由于园主的示意，饲虎的小男孩儿用一根木棒捣了老虎一下，老虎大怒，猛张血盆大口，吼声震耳欲聋，好像是晴天的霹雳，吓得我浑身汗毛都竖了起来，此情此景，大概我一生仅有这一次——然而这一次已经足够足够了。

此时，我真是五体投地地佩服园主，我佩服他的幻想，一个没有幻想的人，能想得出这样前无古人的绝招吗？

紧接着是参观真正的鳄鱼湖。鳄鱼被养在池塘中。池塘有大有小，有方有圆，没有一定的规格，看样子是利用迁就原来的地形，只稍稍加以整修。我们走过跨在湖上的骑湖楼，楼全是木结构，中间铺木板，两旁有栏杆。前后左右全是池塘，池塘养着多寡不等的鳄鱼。主人告诉我们说，这样的池塘群还有十五个，水面面积之大可想而知。鳄鱼是按照种类，按照年龄分池饲养的。这样多的鳄鱼，水里的鱼早被吃光了，只能每天按时用鱼来饲养。我看鳄鱼条条肥壮，足证它们的饭食是不错的。池中的鳄鱼千姿百态，有的趴在岸边，有的游在水里。我们走过一个池塘，里面的鳄鱼，条条都长过一丈。行动迟缓，有的一动也不动，有的趴在太阳里，好像是在那里负暄，修身养性。主人说，这个池塘是专门饲养五六十岁以上的老年鳄鱼。在人类社会中，近些年来，中外都有一些人高喊什么老龄社会，大有惶惶不可终日之概。鳄鱼大概还没有进化到这个程度，不会关心什么老龄不老龄。然而这个鳄鱼湖的主人却为它们操心，给它们创建了这个舒适的干休所，它们可以在这里颐养天年了。至于变成了女士们的手提包，鳄鱼们是不会想到的。有一个问题我们参观的人都很关心，我想别的人也一样，这就是：这个鳄鱼湖究竟饲养了多少条鳄鱼。主人说是四万条。这真是一个惊人的数字。我想，在茫茫大地上，在任何地方，即使是鳄鱼最集中的地方，也绝不会四万条聚集在一起的。

此时，我更是五体投地地佩服我们的园主，佩服他的幻想。一个没有幻想的人能够把四万条鳄鱼集中在一起成为人类的奇迹吗？

紧接着我们走上了林荫大道，浓荫匝地，暑意全消。蒙杨海泉先生照顾，因为我年纪最大，他特别调来了一辆只能坐两人的敞篷车，看样子是他专用的。我们俩坐上，开到了一个像体育馆似的地方。周围是看台，有木凳可坐。园主请中国客人坐在最前排。下面是鳄鱼的运动场。周围环水，中间有块陆地，有几条鳄鱼在上面睡觉，还有几条在水里露出脑袋来。走进来了两个男孩子，穿着颇为鲜艳的衣服。他们俩向周围看台上的国外观众合十致敬，然后走到水中拉出几条大鳄鱼，是拽着尾巴拉的，都拉到环水的陆地上。一个男孩儿掀开一条鳄鱼的大嘴，不知道是念了一个什么咒，鳄鱼的嘴就大张着，上下颚并不并拢起来。没看清男孩儿是用什么东西，戳鳄鱼的什么地方，只听得乓的一声巨响，又乓的一声，不知道是从哪里发出来的声音。小男孩儿又把自己的脑袋伸入鳄鱼嘴中，在上下两排剑一般的巨齿中间，莞尔而笑。

然后抽出脑袋，把鳄鱼举在手中，放在脖子上。又让鳄鱼趴在地上，他踏上它的背部。两个孩子把几条吃人不眨眼的鳄鱼耍弄得服服帖帖。有时候我们真替他们捏一把汗；然而两个孩子却怡然自得，光着脚丫，在水中和陆上来回奔波。

走出了鳄鱼馆，又来到了另一个也像体育场似的场所。周围也是看台，同样是坐满了全世界许多国家的旅游者。但这里是大象和杂技表演的场所，台下没有水，而是一片运动场似的地。场中有几个同样穿着彩衣的男女青年。他们先把一大堆玻璃瓶之类的东西砸碎，然后有一个男孩儿光着膀子，躺在碎玻璃碴子上，打滚儿，翻筋斗，耍出种种的花样。最后又有一个男孩儿踩在他身上。在他身子下面，碎玻璃仿佛变成了棉花或者羊毛或者鸭绒什么的，简直是柔软可爱。看了这些表演，对中国人来说，这简直是司空见惯；然而对碧眼黄发的人来说，却是颇为值得惊奇的。于是一阵阵的掌声就从周围的看台上响起了。接着进场的是几头大象，脖子上戴着花环，背上，毋宁说是鼻子上骑着一个男孩子。先绕场一周，向观众致敬，大象无法用泰国常见的方式合十致敬，只能把鼻子高高举，表达一番敬意了。大象在小孩子的指挥下，表演了许多精彩的节目。然后又绕场走起来。我原以为这只是节目结束后例行的仪式，然而，我立刻就看到，看台上懂行的观众，掏出了硬币投向场中，不管硬币多么小，大象都能用鼻子一一捡起，递到骑在鼻子上的小孩儿的手中。坐在前排的观众掏出了纸币，塞到大象的嘴里——请注意，是嘴，不是鼻子——，大象叼起来，仍然递到小孩子手中。我同园主坐在前排正中，大概男孩儿知道，园主正陪贵宾坐在那里，于是就用不知什么方法示意大象，大象摇晃着鼻子来到我们眼前。我一下子窘了起来，我口袋中既无硬币，也无纸币。聪明的主人立刻递给我几个硬币和几张纸币，这就给我解了围。我把纸币放在大象嘴中，又把硬币放到伸到我眼前的鼻子中，我的手碰到了大象柔软的鼻尖上的小口，一阵又软又滑又湿的感觉，从我的手指头尖上直透我的全身，有一种无法用言语形容的 ecstasy（舒适清凉），我的全身仿佛在颤抖。

此时，我更真正是五体投地地佩服我们的园主，佩服他的幻想。一个没有幻想的人能够想出这样训练鳄鱼，这样训练大象吗？

我们的参观结束了，但是我的感触却没有结束，而且永远也不会结束。杨海泉先生养的虽然是极为丑陋凶狠的鳄鱼，然而他的目标却是：

绍述文化今鉴古——

卿云霭霭，邹鲁遗风。

作圣齐贤吾辈事，

民胞物与，人和政通。

世变沧桑俱往矣！

忠荩毋我，天下为公。

静、安、虑、得、勤观照，

辉煌禹甸，乐见群龙。

忠孝礼义仁为本，

发聋启聩新民丰。

　　杨先生的广阔的胸襟可见一斑了。他这一番奇迹般的伟大事业，已经给寰宇的炎黄子孙增添了光彩，已经给世界文化增添了光彩，已经给炎黄文化增添了光彩，已经给泰华文化增添了光彩。对于这一点我焉能漠然淡然没有感触呢？海泉先生虽然已经做出了这样的事业，但看上去他仍然是充满了青春活力的。他那令人吃惊的幻想能力已经呈现出极大的辉煌；但是看来还大有用武之地，还是前途无量的。我相信，等我下一次再来曼谷时，还会有更伟大更辉煌的奇迹在等候着我。这是我坚定不移的信念。

1994 年 5 月 7 日

幽径悲剧

出家门，向右转，只有二三十步，就走进一条曲径。有二三十年之久，我天天走过这条路到办公室去。因为天天见面，也就成了司空见惯，对它有点儿漠然了。

然而，这条幽径却是大大有名的。记得在 20 世纪 50 年代，我在故宫的一个城楼上，参观过一个有关《红楼梦》的展览。我看到由几幅山水画组成的组画，画的就是这条路。足征这条路是同这部伟大的作品有某些联系的。至于是什么联系，﹑我已经记不清。留在我记忆中的只是一点儿印象：这一条平平常常的路是有来头的，不能等闲视之。

这一条路在燕园中是极为幽静的地方。学生们称之为"后湖"，他们很少到这里来。我上面说它平平常常，这话有点儿语病，它其实是颇为不平常的。一面傍湖，一面靠山，蜿蜒曲折，实有曲径通幽之趣。山上苍松翠柏，杂树成林。无论春夏秋冬，总有翠色在目。不知名的小花，从春天开起，过一阵换一个颜色，一直开到秋末。到了夏天，山上一团浓绿，人们仿佛是在一片绿雾中穿行。林中小鸟，枝头鸣蝉，仿佛互相应答。秋天，枫叶变红，与苍松翠柏，相映成趣，凄清中又饱含浓烈。几乎让人不辨四时了。

小径另一面是荷塘，引人注目主要是在夏天。此时绿叶接天，红荷映日。仿佛从地下深处爆发出一股无比强烈的生命力，向上，向上，向上，欲与天公试比高，真能使懦者立怯者强，给人以无穷的感染力。

不管是在山上，还是在湖中，一到冬天，当然都有白雪覆盖。在湖中，昔日的激艳的绿波为坚冰所取代。但是在山上，虽然落叶树都把叶子落掉，可是松柏反而更加精神抖擞，绿色更加浓烈，意思是想把其他树木之所失，自己一手弥补过来，非要显示出绿色的威力不行。再加上还有翠竹助威，人们置身其间，绝不会感到冬天的萧索了。

这一条神奇的幽径，情况大抵如此。

在所有的这些神奇的东西中，给我印象最深、让我最留恋难忘的是一株古藤萝。藤萝是一种受人喜爱的植物。清代笔记中有不少关于北京藤萝的记述。在古庙中，在名园中，往往都有几棵寿达数百年的藤萝，许多神话故事也往往涉及藤萝。北大现住的燕园，是清代名园，有几棵古老的藤萝，自是意中事。我们最初从城里搬来的时候，还能看到几棵据说是明代传下来的藤萝。每年春天，紫色的花朵开得满棚满架，引得游人和蜜蜂猬集其间，成为春天一景。

但是，根据我个人的评价，在众多的藤萝中，最有特色的还是幽径的这一棵。它既无棚，也无架，而是让自己的枝条攀附在邻近的几棵大树的干和枝上，盘曲而上，大有直上青云之慨。因此，从下面看，除了一段苍黑古劲像苍龙般的粗干外，根本看不出是一株藤萝。每到春天，我走在树下，眼前无藤萝，心中也无藤萝。然而一股幽香蓦地闯入鼻官，嗡嗡的蜜蜂声也袭入耳内，抬头一看，在一团团的绿叶中——根本分不清哪是藤萝叶，哪是其他树的叶子——隐约看到一朵朵紫红色的花，颇有万绿丛中一点红的意味。直到此时，我才清晰地意识到这一棵古藤的存在，顾而乐之了。

　　"十年浩劫"，不但人遭劫，花木也不能幸免。藤萝们和其他一些古丁香树等，被异化为"修正主义"，遭到了无情的诛伐。六院前的和红二、三楼之间的那两棵著名的古藤，被坚决、彻底、干净、全部地消灭掉。是否也被踏上一千只脚，没有调查研究，不敢瞎说；永世不得翻身，则是铁一般的事实了。

　　茫茫燕园中，只剩下幽径的这一棵藤萝了。它成了燕园中藤萝界的鲁殿灵光。每到春天，我在悲愤、惆怅之余，唯一的一点儿安慰就是幽径中这一棵古藤。每次走在它下面，嗅到淡淡的幽香，听到嗡嗡的蜂声，顿觉这个世界还是值得留恋的，人生也不全是荆棘丛。其中情味，只有我一个人知道，不足为外人道也。

　　然而，我快乐得太早了，人生毕竟还是一个荆棘丛，绝不是到处都盛开着玫瑰花。今年春天，我走过长着这株古藤的地方，我的眼前一闪，吓了一大跳：古藤那一段原来凌空的虬干，忽然成了吊死鬼，下面被人砍断，只留上段悬在空中，在风中摇曳。再抬头向上看，藤萝初绽出来的一些淡紫的成串的花朵，还在绿叶丛中微笑。它们还没有来得及知道，自己赖以生存的根干已经被砍断，脱离了地面，再没有水分供它们生存了。它们仿佛成了失掉了母亲的孤儿，不久就会微笑不下去，连痛哭也没有地方了。

我是一个没有出息的人。我的感情太多，总是供过于求，经常为一些小动物、小花草惹起万斛闲愁，真正的伟人们是绝不会这样的。反过来说，如果他们像我这样的话，也绝不能成为伟人。我还有点儿自知之明，我注定是一个渺小的人，也甘于如此，我甘于为一些小猫小狗小花小草流泪叹气。这一棵古藤的灭亡在我心灵中引起的痛苦，别人是无法理解的。

从此以后，我最爱的这条幽径，我真有点儿怕走了。我不敢再看那一段悬在空中的古藤枯干，它真像吊死鬼一般，让我毛骨悚然。非走不行的时候，我就紧闭双眼，疾趋而过。心里数着数：一，二，三，四……一直数到十，我估摸已经走到了小桥的桥头上，吊死鬼不会看到了，我才睁开眼走向前去。此时，我简直是悲哀至极，哪里还有什么闲情逸致来欣赏幽径的情趣呢？

但是，这也不行。眼睛虽闭，但耳朵是关不住的。我隐隐约约听到古藤的哭泣声，细如蚊蝇，却依稀可辨。它在控诉无端被人杀害。它在这里已经待了二三百年，同它所依附的大树一向和睦相处。它虽阅尽人间沧桑，却从无害人之意。每到春天，就以自己的花朵为人间增添美丽。焉知一旦毁于愚氓之手。它感到万分委屈，又投诉无门。它的灵魂死守在这里，每到月白风清之夜，它会走出来显圣的。在大白天，只能偷偷地哭泣。山头的群树，池中的荷花是对它深表同情的，然而又受到自然的约束，寸步难行，只能无言相对。在茫茫人世中，人们争名于朝，争利于市，哪里有闲心来关怀一棵古藤的生死呢？于是，它只有哭泣，哭泣，哭泣……

世界上像我这样没有出息的人，大概是不多的。古藤的哭泣声恐怕只有我一人能听到。在浩茫无际的大千世界上，在林林总总的植物中，燕园的这一棵古藤，实在渺小得不能再渺小了。你倘若问一个燕园中人，绝不会有任何人注意到这棵古藤的存在的，绝不会有任何人关心它的死亡的，绝不会有任何人为之伤心的。偏偏出了我这样一个人，偏偏让我住到这个地方，偏偏让我天天走这条幽径，偏偏又发生了这样一个小小的悲剧；所有这一些偶然性都集中在一起，压到了我的身上。我自己的性格制造成的这个十字架，只有我自己来背了。奈何，奈何！

但是，我愿意把这个十字架背下去，永远永远地背下去。

1992 年 9 月 13 日

神奇的丝瓜

今年春天，孩子们在房前空地上，斩草挖土，开辟出来一个一丈见方的小花园。周围用竹竿扎了一个篱笆，移来了一棵玉兰花树，栽上了几株月季花，又在竹篱下面随意种上了几棵扁豆和两棵丝瓜。土壤并不肥沃，虽然也铺上了一层河泥，但估计不会起很大的作用，大家不过是玩玩而已。过了不久，丝瓜竟然长了出来，而且日益茁壮、长大。这当然增加了我们的兴趣。但是我们也并没有过高的期望。我自己每天早晨工作疲倦了，常到屋旁的小土山上走一走，站一站，看看墙外马路上的车水马龙和亚运会招展的彩旗，顾而乐之，只不过顺便看一看丝瓜罢了。

丝瓜是普通的植物，我也并没有想到会有什么神奇之处。可是忽然有一天，我发现丝瓜秧爬出了篱笆，爬上了楼墙。以后，每天看丝瓜，总比前一天向楼上爬了一大段；最后竟从一楼爬上了二楼，又从二楼爬上了三楼。说它每天长出半尺，绝非夸大之词。丝瓜的秧不过像细绳一般粗。如不注意，连它的根在什么地方都找不到。这样细的一根秧竟能在一夜之间输送这样多的水分和养料供应前方，使得上面的叶子长得又肥又绿，爬在灰白色的墙上，一片浓绿，给土墙增添了无量活力与生机。

这当然让我感到很惊奇，我的兴趣随之大大地提高。每天早晨看丝瓜成了我的主要任务。爬小山反而成为次要的了。我往往注视着细细的瓜秧和浓绿的瓜叶，陷入沉思，想得很远，很远……

又过了几天，丝瓜开出了黄花。再过几天，有的黄花就变成了小小的绿色的瓜。瓜越长越长，越长越大，重量当然也越来越增加，最初长出的那一个小瓜竟把瓜秧坠下来了一点儿，直挺挺地悬垂在空中，随风摇摆。我真是替它担心，生怕它经不住这一分重量，会整个地从楼上坠了下来落到地上。

然而不久就证明了，我这种担心是多余的。最初长出来的瓜不再长大，仿佛得到命令停止了生长。在上面，在三楼一位一〇二岁的老太太的窗外窗台上，却长出来了两个瓜。这两个瓜后来居上，发疯似的猛长，不久就长成了小孩儿胳膊一般粗了。这两个瓜加起来恐怕有五六斤重，那一根细秧怎么能承担得住呢？我又担心起来。没过几天，事实又证明了我是杞人忧天。两个瓜不知从什么时候忽然弯了起来，把躯体放在老太太的窗台上，从下面看上去，活像两个粗大变弯的绿色牛角。

不知道从哪一天起，我忽然又发现，在两个大瓜的下面，在二、三楼之间，在一根细秧的顶端，又长出来了一个瓜，垂直地悬在那里。我又犯了担心病：这个瓜上面够不到窗台，下面也是空空的；总有一天，它越长越大，会把上面的两个大瓜也坠了下来，一起坠到地上，落叶归根，同它的根部聚合在一起。

然而今天早晨，我却看到了奇迹。同往日一样，我习惯地抬头看瓜：下面最小的那一个早已停止生长，孤零零地悬在空中，似乎一点儿分量都没有；上面老太太窗台上那两个大的，似乎长得更大了，威武雄壮地压在窗台上；中间的那一个却不见了。我看看地上，没有看到掉下来的瓜。等我倒退几步抬头再看时，却看到那一个我认为失踪了的瓜，平着身子躺在抗震加固时筑上的紧靠楼墙凸出的一个台子上。这真让我大吃一惊。这样一个原来垂直悬在空中的瓜怎么忽然平身躺在那里了呢？这个凸出的台子无论是从上面还是从下面都是无法上去的，决不会有人把丝瓜摆平的。

我百思不得其解，徘徊在丝瓜下面，像达摩老祖一样，面壁参禅。我仿佛觉得这棵丝瓜有了思想，它能考虑问题，而且有行动，它能让无法承担重量的瓜停止生长；它能给处在有利地形的大瓜找到承担重量的地方，给这样的瓜特殊待遇，让它们疯狂地长；它能让悬垂的瓜平身躺下。如果不是这样的话，无论如何也无法解释我上面谈到的现象。但是，如果真是这样的话，又实在令人难以置信。丝瓜用什么来思想呢？丝瓜靠什么来指导自己的行动呢？上下数千年，纵横几万里，从来也没有人说过，丝瓜会有思想。我左考虑，右考虑，越考虑越糊涂。我无法同丝瓜对话，这是一个沉默的奇迹。瓜秧仿佛成了一根神秘的绳子，绿叶子照旧浓翠扑人眉宇。我站在丝瓜下面，陷入梦幻。而丝瓜则似乎心

中有数，无言静观，它怡然、泰然、悠然、坦然，仿佛含笑面对
秋阳。

1990 年 10 月 9 日

从南极带来的植物

　　小友兼老友唐老鸭（师曾）自南极归来。在北大为我举行九十岁华诞庆祝会的那一天，他来到了北大，身份是记者。全身披挂，什么照相机，录像机，这机，那机，我叫不出名堂来的一些机，看上去至少有几十斤重，活灵活现地重现海湾战争孤身采访时的雄风。一见了我，在忙着拍摄之余，从裤兜里掏出来一个信封，里面装着什么东西，郑重地递了给我。信封上写着几行字：

祝季老寿比南山

　　南极长城站的植物，每100年长一毫米，此植物已有6000岁。

唐老鸭敬上

　　这几行字真让我大吃一惊，手里的分量立刻重了起来。打开信封，里面装着一株长在仿佛是一块铁上面的"小草"。当时祝寿会正要开始，大厅里挤满了几百人，熙来攘往，拥拥挤挤，我没有时间和心情去仔细观察这一株小草。

　　夜里回到家，时间已晚，没有时间和精力把这株"仙草"拿出来仔细玩赏。第二天早晨才拿了出来。初看之下，觉得没有什么稀奇之处，这不就是一棵平常的"草"嘛，同我们这里遍地长满了的野草从外表上来看差别并不大。但是，当我擦了擦昏花的老眼再仔细看时，它却不像是一株野草，而像是一棵树，具体而微的树，有干有枝。枝子上长着一些黑色的圆果。我眼睛一花，原来以为是小草的东西，蓦地变成了参天大树，树上搭满鸟巢。树扎根的石块或铁块一下子变成了一座大山，巍峨雄奇。但是，当我用手一摸时，植物似乎又变成了矿物，是柔软的能屈能折的矿物。试想这一棵什么物从南极到中国，飞越千山万水，而一枝叶条也没有断，至今在我的手中也是一丝不断，这不是矿物又是什么呢？

我面对这一棵什么物，脑海里疑团丛生。

是草吗？不是。

是树吗？也不是。

是植物吗？不像。

是矿物吗？也不像。

它究竟是什么东西呢？我说不清楚。我只能认为它是从南极万古冰原中带来的一个奇迹。既然唐老鸭称之为植物，我们就算它是植物吧。我也想创造两个新名词：像植物一般的矿物，或者像矿物一般的植物。英国人有一个常用的短语：at one's wits' end，"到了一个人智慧的尽头"，我现在真走到了我的智慧的尽头了。

在这样智穷力尽的情况下，面对这个从南极来的奇迹，我不禁浮想联翩。首先是它那六千年的寿命。在天文学上，在考古学上，在人类生活中，六千是一个很小的数目，没有什么值得大惊小怪的地方。但是，在人类有了文化以后的历史上，在国家出现的历史上，它却是一个很大的数目。中国满打满算也不过说有五千年的历史。连那位玄之又玄的老祖宗黄帝，据一般词典的记载，也不过说他约生在公元前 26 世纪，距今还不满五千年。连世界上产生比较早的国家，比如古埃及和古印度，除了神话传说以外，也达不到六千年。我想，我们可以说，在这一株"植物"开始长的时候，人类还没有国家。说是"宇宙洪荒"，也许是太过了一点儿。但是，人类的国家，同它比较起来，说是瞠乎后矣，大概是可以的。

想到这一切，我面对这株不起眼儿的"植物"，难道还能不惊诧得瞠目结舌吗？

再想到人类的寿龄和中国朝代的长短，更使我的心进一步地震动不已。古人诗说："人生不满百，常怀千岁忧。"在过去，人们总是互相祝愿"长命百岁"。对人生来说，百岁是长极长极了的。然而南极这一株"植物"在一百年内只长一毫米。中国历史上最长的朝代是周代，约有八百年之久。在这八百年中，人间发生了多么大的变动呀。春秋和战国都包括在这个期间。百家争鸣，何等热闹。云谲波诡，何等奇妙。然而，南极这株"植物"却在万古冰原中，沉默着，忍耐着，只长了约八毫米。周代以后，秦始皇登场，修筑了令全世界惊奇的长城。接着登场的是赫赫有气的汉祖、唐宗等一批人物，半生征战，铁马金戈，杀人盈野，血流成河。一直到了清代末叶，帝制取消，军阀混战，最终是建成了中华人民共和国。两千多年的历史，千头万绪的史实，五彩缤纷，错综复杂，头绪无数，气象万千，现在大学里讲起中国通史，至少要讲上一学年，还只能讲一个轮廓。倘若细讲起来，还需要断代史，以及文学、哲学、经济、艺术、宗教、民族等的历史。至于历史人物，则有的成龙，有的成蛇；有的流芳千古，有的遗臭万年，成了人们茶余酒后谈古论今的对象。在这两千多年的漫长悠久的岁月中，赤县神州的花花世界里演出了多少幕悲剧、喜剧、闹剧；然而，这一株南极的"植物"却沉默着、忍耐着只长了两厘米多一点儿。多么艰难的成长呀！

　　想到这一切，我面对这一株不起眼儿的"植物"难道还能不惊诧得瞠目结舌吗？

　　我们的汉语中有"目击者"一个词儿，意思是"亲眼看到的人"。我现在想杜撰一个新名词儿"准目击者"，意思是"有可能亲眼看到的人或物"。"物"分动植两种，动物一般是有眼睛的，有眼就能看到。但是，植物并没有眼睛，怎么还能"击"（看到）呢？我在这里只是用了一个诗意的说法，请大家千万不要"胶柱鼓瑟"地或者"刻舟求剑"地去推敲，就说是植物也能看见吧。孔子是中国的圣人，是万世师表，万人景仰。到了今天，除了他那峨冠博带的画像之外，人类或任何动物绝不会有孔子的目击者。植物呢，我想，连四川青城山上的那一株老寿星银杏树，或者陕西黄帝陵上那一些十几个人合抱不过来的古柏，也不会是孔子的目击者。然而，我们这一株南极的"植物"却是有这个资格的，孔子诞生的时候它已经有三千多岁了。对它来说，孔子是后辈又后辈了。如果它当时能来到中国，"目击"孔子不是轻而易举的事情吗？

我不是生物学家，没有能力了解，这株"植物"究竟是什么东西，我也没有向唐老鸭问清楚：在南极有多少像这样的"植物"？

如果有多种的话，它们是不是都是六千岁？如果不是的话，它们中最老的有几千岁？这样的"植物"还会不会再长？这样一系列的问题萦绕在我脑海中。我感兴趣的问题是，我眼前的这一株"植物"，身高六厘米，寿高六千岁。如果它或它那些留在南极的伙伴还继续长的话，再过六千年，也不过高一分米二厘米，仍然是一株不起眼儿的可怜兮兮的"植物"，难登大雅之堂。然而，今后的六千年却大大地不同于过去的六千年了。就拿过去一百年来看吧，科技发展，日新月异，过去连想都不敢想的事情，现在做到了；过去认为是幻想的东西，现在是现实了。人类在太空可以任意飞行，连嫦娥的家也登门拜访到了。到了今天，更是分新秒异，谁也不敢说，新的科技将会把我们带向何方。一百年尚且如此，谁还敢想象六千年呢？到了那时候人类是否已经异化为非人类，至少是同现在的人类迥然不同的人类，谁又敢说呢？

想到这一切，念天地之悠悠，后不见来者，我面对这一株不起眼儿的"植物"，我只能惊诧得瞠目结舌了。

2001 年 7 月 2 日

三

师友知心相伴，
不虚此生

我的读书经历

　　我于1911年8月6日生于山东省清平县（现并入临清市）官庄。我们家大概也小康过。可是到了我出生的时候，祖父母双亡，家道中落，形同贫农。父亲亲兄弟三人，无怙无恃，孤苦伶仃，一个送了人，剩下的两个也是食不果腹、衣不蔽体，饿得到枣林里去捡落到地上的干枣来吃。

　　六岁以前，我有一个老师马景恭先生。他究竟教了我些什么，现在完全忘掉了，大概只不过几个字罢了。六岁离家，到济南去投奔叔父。他是在万般无奈的情况下逃到济南去谋生的，经过不知多少艰难险阻，终于立定了脚跟。从那时起，我才算开始上学。曾在私塾里念过一些时候，念的不外是《百家姓》《千字文》《三字经》、"四书"之类。以后接着上小学。转学的时候，因为认识一个"骡"字，老师垂青，从高小开始念起。

　　我在新育小学考过甲等第三名、乙等第一名，不是拔尖的学生，也不怎样努力念书。三年高小，平平常常。有一件事值得提出来谈一谈：我开始学英语。当时正规小学并没有英语课。我学英语是利用业余时间，上课是在晚上。学的时间不长，只不过学了一点语法、一些单词而已。我当时有一个怪问题："有"和"是"都没有"动"的意思，为什么叫"动词"呢？后来才逐渐了解到，这只不过是一个译名不妥的问题。

我万万没有想到，就由于这点英语知识，我在报考中学时沾了半年光。我这个人颇有点自知之明，有人说，我自知过了头。不管怎样，我幼无大志，却是肯定无疑的。当时山东中学的拿摩温（英文 number one 的谐音，即"第一号"）是山东省立第一中学。我这个癞蛤蟆不敢吃天鹅肉，连去报名的勇气都没有，我只报了一个"破"正谊。可这个学校考试时居然考了英语。出的题目是汉译英："我新得了一本书，已经读了几页，可是有些字我不认得。"我翻出来了，只是为了不知道"已经"这个词儿的英文译法而苦恼了很长时间。结果我被录取，不是一年级，而是一年半级。

在正谊中学学习期间，我也并不努力，成绩徘徊在甲等后几名、乙等前几名之间，属于上中水平。我们的学校毗邻大明湖，风景绝美。一下课，我就跑到校后湖畔去钓虾、钓蛤蟆，不知用功为何物。但是，叔父却对我期望极大，要求极严。他自己亲自给我讲课，选了一本《课侄选文》，大都是些理学的文章。他并没有受过什么系统教育，但是他绝顶聪明，完全靠自学，经史子集都读了不少，能诗，善书，还能刻图章。他没有男孩子，一切希望都寄托在我身上。他严而慈，对我影响极大。我今天勉强学得了一些东西，都出于他之赐，我永远不会忘掉。根据他的要求，我在正谊下课以后，参加了一个古文学习班，读了《左传》《战国策》《史记》等书，当然对老师另给报酬。晚上，又要到尚实英文学社去学英文，一直到十点才回家。这样的日子，大概过了八年。我当时并没有感觉到有什么负担；但也不了解其深远意义，依然顽皮如故，摸鱼钓虾而已。现在回想起来，我今天这一点不管多么单薄的基础不就是那时打下的吗？

至于我们的正式课程，国文、英、数、理、生、地、史都有。国文念《古文观止》一类的书，要求背诵。英文念《泰西五十轶事》《天方夜谭》《莎氏乐府本事》《纳氏文法》等。写国文作文全用文言，英文也写作文。课外，除了上补习班外，我读了大量的旧小说，什么《三国》《西游》《封神演义》《说唐》《说岳》《济公传》《彭公案》《三侠五义》等无不阅读。《红楼梦》我最不喜欢。连《西厢记》《金瓶梅》一类的书，我也阅读。这些书对我有什么影响，我说不出，反正我并没有想去当强盗或偷女人。

初中毕业以后，在正谊念了半年高中。1926年转入新成立的山东大学附设高中。山东大学的校长是前清状元、当时的教育厅长王寿彭。他提倡读经。在高中教读经的有两位老师，一位是前清翰林或者进士，一位绰号"大清国"，是一个顽固的遗老。两位老师的姓名我都忘记了，只记住了绰号。他们上课都不带课本，教《书经》和《易经》，都背得滚瓜烂熟，连注疏都在内，据说还能倒背。教国文的老师是王崑玉先生，是一位桐城派的古文作家，有自己的文集。后来到山东大学去当讲师了。他对我的影响极大。

记得第一篇作文题目是《读〈徐文长传〉书后》。完全出我意料，这篇作文受到他的高度赞扬，批语是"亦简劲，亦畅达"。我在吃惊之余，对古文产生了浓厚的兴趣，弄到了《韩昌黎集》《柳宗元集》，以及欧阳修、三苏等的文集，想认真钻研一番。谈到英文，由于有尚实英文学社的底子，别的同学很难同我竞争。还有一件值得一提的事情是，我也学了德文。

由于上面提到的那些，我在第一学期考了一个甲等第一名，而且平均分数超过九十五分，因此受到了王状元的嘉奖。他亲笔写了一副对联和一个扇面奖给我。这当然更出我意料。我从此才有意识地努力学习。要追究动机，那并不堂皇。无非是想保持自己的面子，决不能从甲等第一名落到第二名，如此而已。反正我在高中学习三年中，六次考试，考了六个甲等第一名，成了"六连冠"，自己的虚荣心得到了充分的满足。

这是不是就改变了我那幼无大志的情况呢？也并没有。我照样是鼠目寸光，胸无大志，我根本没有发下宏愿，立下大志，终身从事科学研究，成为什么学者。我梦寐以求的只不过是毕业后考上大学，在当时谋生极为困难的条件下，抢到一只饭碗，无灾无难，平平庸庸地度过一生而已。

1929 年，我转入新成立的山东省立济南高中，学习了一年，这在我一生中是一个重要的阶段。特别是国文方面，这里有几个全国闻名的作家：胡也频、董秋芳、夏莱蒂、董每戡等。前两位是我的业师。胡先生不遗余力地宣传现代文艺，也就是普罗文学。

我也迷离模糊，读了一些从日文译过来的马克思主义文艺理论。我曾写过一篇《现代文艺的使命》，大概是东抄西抄，勉强成篇。不意竟受到胡先生垂青，想在他筹办的杂志上发表。不幸他被国民党反动派通缉，仓促逃往上海，不久遇难。我的普罗文学梦也随之消逝。接他工作的是董秋芳（冬芬）先生。我此时改用白话写作文，大得董先生赞扬，认为我同王联榜是"全校之冠"。这当然给了我极大的鼓励。我之所以五十年来舞笔弄墨不辍，至今将近耄耋之年，仍然不能放下笔，全出于董老师之赐，我毕生难忘。

在这里，虽然已经没有经学课程，国文课本也以白话为主。我自己却没有放松对中国旧籍的钻研。我阅读的范围仍然很广，方面仍然很杂。陶渊明、杜甫、李白、王维、李义山、李后主、苏轼、陆游、姜白石等诗人、词人的作品，我都读了不少。这对我以后的工作起了积极的影响。

1930 年，我高中毕业，到北平来考大学。由于上面说过的一些原因，当年报考中学时那种自卑心理一扫而光，有点接近狂傲了。当时考一个名牌大学十分困难，录取的百分比很低。为了得到更多的录取机会，我那八十多位同班毕业生，每人几乎都报七八个大学。我却只报了北大和清华。结果我两个大学都考上了。经过一番深思熟虑，我选了清华，因为，我想，清华出国机会多。选系时，我选了西洋系。这个系分三个专修方向（specialized）：英文、德文、法文。只要选某种语言一至四年，就算是专修某种语言。其实这只是一个形式，因为英文是从小学就学起的，而德文和法文则是从字母学起。教授中外籍人士居多，不管是哪国人，上课都讲英语，连中国教授也多半讲英语。课程也以英国文学为主，课本都是英文的，有《欧洲文学史》《欧洲古典文学》《中世纪文学》《文艺复兴文学》《文艺批评》《莎士比亚》《英国浪漫诗人》《近代长篇小说》《文学概论》《文艺心理学（美学）》《西洋通史》《大一国文》《一二年级英语》等。

我的专修方向是德文。四年之内，共有三个教授授课，两位德国人，一位中国人。尽管我对这些老师都怀念而且感激，但是，我仍然要说，他们授课相当马虎。四年之内，在课堂上，中国老师只说汉语，德国老师只说英语，从来不用德语讲课。结果是，学了四年德文，我们只能看书，而不能听和说。我的学士论文是 *The Early Poems of F. Hölderlin*（荷尔德林早期诗歌），指导教授是艾克。

在所有的课程中，我受益最大的不是正课，而是一门选修课：朱光潜先生的《文艺心理学》，还有一门旁听课：陈寅恪先生的《佛经翻译文学》。这两门课对我以后的发展有深远影响，可以说是一直影响到现在。我搞一点比较文学和文艺理论，显然是受了朱先生的熏陶；而搞佛教史、佛教梵语和中亚古代语言，则同陈先生的影响是分不开的。

顺便说一句，我在大学，课余仍然继续写作散文，发表在当时颇有权威性的报刊上。我可万万没有想到，那样几篇散文竟给我带来了好处。1934年，清华毕业，找工作碰了钉子。母校山东济南高中的校长宋还吾先生邀我回母校任国文教员。我那几篇散文就把我制成了作家，而当时的逻辑是，只要是作家就能教国文。我可是在心里直打鼓：我怎么能教国文呢？但是，快到秋天了，饭碗还没有拿到手，我于是横下了一条心：你敢请我，我就敢去！我这个西洋文学系的毕业生一变而为国文教员。我就靠一部《辞源》和过去读的那些旧书，堂而皇之当起国文教员来。我只有二十三岁，班上有不少学生比我年龄大三四岁，而且在家乡读过私塾。我实在是如履薄冰。

教了一年书，到了1935年，上天又赐给我一个良机。清华大学与德国签订了交换研究生的协定。我报名应考，被录取。这一年的深秋，我到了德国哥廷根大学，开始了国外的学习生活。我选的主系是印度学，两个副系是英国语言学和斯拉夫语言学。我学习了梵文、巴利文、俄文、南斯拉夫文、阿拉伯文等，还选了不少的课。教授是西克、瓦尔德施米特、布朗思等。

这时第二次世界大战正在剧烈进行，德国被封锁，什么东西也输入不进来，要吃没吃，要穿没穿。大概有四五年的时间，我忍受了空前的饥饿，终日饥肠辘辘，天上还有飞机轰炸。我怀念祖国和家庭。"烽火连六年，家书抵亿金。"实际上我一封家书都收不到。就在这样十分艰难困苦的条件下，我苦读不辍。1941年，通过论文答辩和口试，以全优成绩，获得哲学博士学位。我的博士论文是《〈大事〉中伽陀部分限定动词的变格》。

在这段异常困苦的时期，最使我感动的是德国老师的工作态度和对待中国学生的态度。我是一个素昧平生的异邦青年，他们不但没有丝毫歧视之意，反而爱护备至，循循善诱。瓦尔德施米特教授被征从军，西克教授以耄耋之年，毅然出来代课。其实我是唯一的博士生，他教的对象也几乎就是我一个人。他把他的看家本领都毫无保留地传给我。他给我讲了《梨俱吠陀》《波你尼语法》，帕坦加利的《大疏》《十王子传》等。他还一定坚持要教我吐火罗文。他是这个语言的最高权威，是他把这本"天书"读通了的。我当时工作极多，又患神经衰弱，身心负担都很重。可是看到这位老人那样热心，我无论如何不能让老人伤心，便遵命学了起来。同学的还有比利时的瓦尔特·古句勒博士，后来成了名教授。

谈到工作态度，我的德国老师都是楷模。他们的学风都是异常的认真、细致、谨严。他们写文章，都是再三斟酌，多方讨论，然后才发表。德国学者的"彻底性"是名震寰宇的。对此我有深切的感受。可惜后来由于环境关系，我没能完全做到，真有点愧对我的德国老师了。

从 1937 年起，我兼任哥廷根大学汉学系讲师。这个系设在一座大楼的二层上，几乎没有人到这座大楼来，因此非常清静。系的图书室规模相当大，在欧洲颇有一些名气。许多著名的汉学家到这里来看书，我就碰到不少，其中最著名的有英国的阿瑟·韦利等。我在这里也读了不少的中国书，特别是笔记小说以及佛教大藏经，扩大了我在这方面的知识面。

我在哥廷根待了整整十个年头。1945 年秋冬之交，我离开这里到瑞士去，住了将近半年。1946年春末，取道法国、越南、香港，夏天回到了别离将近十一年的祖国。

我的留学生活，也可以说是我的整个学生生活就这样结束了。这一年我三十五岁。

1946年秋天，我到北京大学来任教授，兼东方语言文学系主任。是我的老师陈寅恪先生把我介绍给胡适、傅斯年、汤用彤三位先生的。按当时北大的规定：在国外获得博士学位回国的，只能任副教授，对我当然也要照此办理。也许是我那几篇在哥廷根科学院院刊上发表的论文起了作用，我到校后没有多久，汤先生就通知我，我已定为教授。从那时到现在时光已经过去了四十二年，我一直没有离开北大过。其间，我担任系主任三十来年，担任副校长五年。1956年，我当选中国科学院学部委员。"十年浩劫"中靠边站，挨批斗，符合当时的"潮流"。现在年近耄耋，仍然搞教学、科研工作，从事社会活动，看来离八宝山还有一段距离。以上这一切都是平平常常的经历，没有什么英雄业绩，我就不再啰唆了。

我体会，一些报刊之所以要我写自传的原因，是想让我写点什么治学经验之类的东西。那么，在长达六十年的学习和科研活动中，我究竟有些什么经验可谈呢？粗粗一想，好像很多；仔细考虑，无影无踪，总之是卑之无甚高论。不管好坏，鸳鸯我总算绣了一些。至于金针则确乎没有，至多是铜针、铁针而已。

我记得，鲁迅先生在一篇文章中讲了一个笑话：一个江湖郎中在市集上大声吆喝，叫卖治臭虫的妙方。有人出钱买了一个纸卷，层层用纸严密裹住。打开一看，妙方只有两个字：勤捉。你说它不对吗？不行，它是完全对的。但是说了等于不说。我的经验压缩成两个字是勤奋。再多说两句就是：争分夺秒，念念不忘。灵感这东西不能说没有，但是，它不是从天上掉下来的，而是勤奋出灵感。

上面讲的是精神方面的东西，现在谈一点具体的东西。我认为，要想从事科学研究工作，应该在四个方面下功夫：一，理论；二，知识面；三，外语；四，汉文。唐代刘知几主张，治史学要有才、学、识。我现在勉强套用一下，理论属识，知识面属学，外语和汉文属才，我在下面分别谈一谈。

一、理论

现在一讲理论，我们往往想到马克思主义。这样想，不能说不正确。但是，必须注意几点。一，马克思主义随时代而发展，绝非僵化不变的教条。二，不要把马克思主义说得太神妙，令人望而生畏，对它可以批评，也可以反驳。我个人认为，马克思主义的精髓就是唯物主义和辩证法。唯物主义就是实事求是。把黄的说成是黄的，是唯物主义。把黄的说成是黑的，是唯心主义。事情就是如此简单明了。哲学家们有权利去作深奥的阐述，我辈外行，大可不必。至于辩证法，也可以作如是观。看问题不要孤立，不要僵死，要注意多方面的联系，在事物运动中把握规律，如此而已。我这种幼儿园水平的理解，也许更接近事实真相。

除了马克思主义以外，古今中外一些所谓唯心主义哲学家的著作，他们的思维方式和推理方式也要认真学习。我有一个奇怪的想法：百分之百的唯物主义哲学家和百分之百的唯心主义哲学家，都是没有的。这就和真空一样，绝对的真空在地球上是没有的。中国古话说："智者千虑，必有一失"，就是这个意思。因此，所谓唯心主义哲学家也有不少东西值得我们学习。我们千万不要像过去那样把十分复杂的问题简单化和教条化，把唯心主义的标签一贴，就"奥伏赫变"（德语音译，意为"扬弃"）。

二、知识面

要求知识面广，大概没有人反对。因为，不管你探究的范围多么狭窄，多么专业，只有在知识广博的基础上，你的眼光才能放远，你的研究才能深入。这样说已经近于常识，不必再做过多的论证了。我想在这里强调一点，这就是，我们从事人文科学和社会科学研究的人，应该学一点科学技术知识，能够精通一门自然科学，那就更好。今天学术发展的总趋势是，学科界线越来越混同起来，边缘学科和交叉学科越来越多。再像过去那样，死守学科阵地，鸡犬之声相闻、老死不相往来，已经完全不合时宜了。此外，对西方当前流行的各种学术流派，不管你认为多么离奇荒诞，也必须加以研究，至少也应该了解其轮廓，不能简单地盲从或拒绝。

三、外语

外语的重要性，尽人皆知。若再详细论证，恐成蛇足。我在这里只想强调一点：从今天的世界情势来看，外语中最重要的是英语，它已经成为名副其实的世界语。这种语言，我们必须熟练掌握，不但要能读、能译，而且要能听、能说、能写。今天写学术论文，如只用汉语，则不能出国门一步，不能同世界各国的同行交流。如不能听说英语，则无法参加国际学术会议。情况就是如此地咄咄逼人，我们不能不认真严肃地加以考虑。

四、汉语

我在这里提出汉语来，也许有人认为是非常异议可怪之论。"我还不能说汉语吗?""我还不能写汉文吗?"是的，你能说，也能写。然而仔细一观察，我们就不能不承认，我们今天的汉语水平是非常成问题的。每天出版的报纸杂志，只要稍一注意，就能发现别字、病句。我现在越来越感到，真要想写一篇准确、鲜明、生动的文章，绝非轻而易举。要能做到这一步，还必须认真下点功夫。我甚至想到，汉语掌握到一定程度，想再前进一步，比学习外语还难。只有承认这个事实，我们的汉语水平才能提高，别字、病句才能减少。

我在上面讲了四个方面的要求。其实这些话都属于老生常谈，都平淡无奇。然而真理不往往就寓于平淡无奇之中吗？这同我在上面引鲁迅先生讲的笑话中的"勤捉"一样，看似平淡，实则最切实可行，而且立竿见影。我想到这样平凡的真理，不敢自秘，便写了出来，其意不过如野叟献曝而已。

我现在想谈一点关于进行科学研究指导方针的想法。六七十年前胡适先生提出来的"大胆的假设，小心的求证"，我认为是不刊之论，是放之四海而皆准的方针。古今中外，无论是社会科学，还是自然科学，概莫能外。在那段教条主义猖獗、形而上学飞扬跋扈的时期内，这个方针曾受到多年连续不断的批判。我当时就百思不得其解。试问哪一个学者能离开假设与求证呢？所谓大胆，就是不为过去的先入之见所限，不为权威所囿，能够放开眼光，敞开胸怀，独具只眼，另辟蹊径，提出自己的假设，甚至胡思乱想，想入非非，亦无不可。如果连这点胆量都不敢有，那只有循规蹈矩，墨守成法，鼠目寸光，拾人牙慧，个人绝不会有创造，学术绝不会有进步。这一点难道还不明白，还要进行烦琐的论证吗？

总之，我要说，一要假设，二要大胆，缺一不可。

但是，在提倡"大胆的假设"的同时，必须大力提倡"小心的求证"。一个人的假设，绝不会一提出来就完全符合实际情况，有一个随时修改的过程。我们都有这样一个经验：在想到一个假设时，自己往往诧为"神来之笔"，是"天才火花"的闪烁，而狂欢不已。可是这一切都并不是完全可靠的。假设能不能成立，完全依靠求证。求证要小心，要客观，绝不允许厌烦，更不允许马虎。要从多层次、多角度上来求证，从而考验自己的假设是否正确，或者正确到什么程度，哪一部分正确，哪一部分又不正确。所有这一切都必须实事求是，容不得丝毫私心杂念，一切以证据为准。证据否定掉的，不管当时显得多么神奇，多么动人，都必须毅然、毫不吝惜地加以扬弃。部分不正确的，扬弃部分。全部不正确的，扬弃全部。事关学术良心，决不能含糊。可惜到现在还有某些人，为了维护自己"奇妙"的假设，不惜歪曲证据，剪裁证据。对自己的假设有用的材料，他就用；没有用的、不利的，他就视而不见，或者见而掩盖。这都是"缺德"（史德也）的行为，我期期以为不可。至于剽窃别人的看法或者资料，而不加以说明，那是小偷行为，斯下矣。

总之，我要说，一要求证，二要小心，缺一不可。

我刚才讲的"史德"，是借用章学诚的说法。他把"史德"解释成"心术"。我在这里讲的也与"心术"有关，但与章学诚的"心术"又略有所不同。有点引申的意味。我的中心想法是不要骗自己，不要骗读者。做到这一步，是有德。否则就是缺德。写什么东西，自己首先要相信。自己不相信而写出来要读者相信，不是缺德又是什么呢？自己不懂而写出来要读者懂，不是缺德又是什么呢？我这些话绝非无中生有，无的放矢。我都有事实根据。我以垂暮之年，写了出来，愿与青年学者们共勉之。

现在再谈一谈关于搜集资料的问题。进行科学研究，必须搜集资料，这是不易之理。但是，搜集资料并没有什么一定之规。最常见的办法是使用卡片，把自己认为有用的资料抄在上面，然后分门别类，加以排比。可这也不是唯一的办法。陈寅恪先生把有关资料用眉批的办法，今天写上一点儿，明天写上一点儿，积之既久，资料多到能够写成一篇了，就从眉批移到纸上，就是一篇完整的文章。比如，他对《高僧传·鸠摩罗什传》的眉批，竟比原文还要多几倍，是一个典型的例子。我自己既很少写卡片，也从来不用眉批，而是用比较大张的纸，把材料写上。有时候随便看书，忽然发现有用的材料，往往顺手拿一些手边能拿到的东西，比如通知、请柬、信封、小纸片之类，把材料写上，再分类保存。我看到别人也有这个情况，向达先生有时就把材料写在香烟盒上。用比较大张的纸有一个好处，能把有关的材料都写在上面，约略等于陈先生的眉批。卡片面积太小，这样做是办不到的。材料抄好以后，要十分认真细心地加以保存，最好分门别类装入纸夹或纸袋。否则，如果一时粗心大意丢上个把张小纸片，上面记的可能是至关重要的材料，这样会影响你整篇文章的质量，不得不黾勉从事。至于搜集资料要巨细无遗，要有竭泽而渔的精神，这是不言而喻的。但是，要达到百分之百的完整的程度，那也是做不到的。不过我们千万要警惕，不能随便搜集到一点资料，就动手写长篇论文。这样写成的文章，其结论之不可靠是显而易见的。与此有联系的就是要注意文献目录。只要与你要写的文章有关的论文和专著的目录，你必须清楚。否则，人家已经有了结论，而你还在卖劲地论证，必然贻笑方家，不可不慎。

我想顺便谈一谈材料有用无用的问题。严格讲起来，天下没有无用的材料，问题是对谁来说，在什么时候说。就是对同一个人，也有个时机问题。大概我们都有这样的经验：只要你脑海里有某个问题，一切资料，书本上的、考古发掘的、社会调查的，等等，都能对你有用。搜集这样的资料也并不困难，有时候资料简直是自己跃入你的眼中。反之，如果你脑海里没有这个问题，则所有这样的资料对你都是无用的。但是，一个人脑海里思考什么问题，什么时候思考什么问题，有时候自己也掌握不了。一个人一生中不知要思考多少问题。当你思考甲问题时，乙问题的资料对你没有用。可是说不定什么时候你会思考起乙问题来。你可能回忆起以前看书时曾碰到过这方面的资料，现在再想去查找，可就"云深不知处"了。这样的经验我一生不知碰到多少次了，想别人也必然相同。

那么怎么办呢？最好脑海里思考问题，不要单打一，同时要思考几个，而且要念念不忘，永远不让自己的脑子停摆，永远在思考着什么。这样一来，你的搜集面就会大得多，漏网之鱼也就少得多。材料当然也就积累得多，养兵千日，用兵一时；一旦用起来，你就左右逢源了。

最后还要谈一谈时间的利用问题。时间就是生命，这是大家都知道的道理。而且时间是一个常数，对谁都一样，谁每天也不会多出一秒半秒。对我们研究学问的人来说，时间尤其珍贵，更要争分夺秒。但是各人的处境不同，对某些人来说就有一个怎样利用时间的"边角废料"的问题。这个怪名词是我杜撰出来的。时间摸不着看不见，但确实是一个整体，哪里会有什么"边角废料"呢？这只是一个形象的说法。平常我们做工作，如果一整天没有人和事来干扰，你可以从容濡笔，悠然怡然，再佐以龙井一杯、云烟三支，神情宛如神仙，整个时间都是你的，那就根本不存在什么"边角废料"问题。但是有多少人能有这种神仙福气呢？鲁钝如不佞者几十年来就做不到。中华人民共和国成立以来，我搞了不知多少社会活动，参加了不知多少会，每天不知有多少人来找，心烦意乱，啼笑皆非。回想"十年浩劫"期间，我成了"不可接触者"，除了蹲牛棚外，在家里也是门可罗雀。《罗摩衍那》译文八巨册就是那时候的产物。难道为了读书写文章就非变成"不可接触者"或者右派不行吗？浩劫一过，我又是门庭若市，而且参加各种各样的会，终日马不停蹄。我从前读过马雅可夫斯基的《开会迷》和张天翼的《华威先生》，觉得异常可笑，岂意自己现在就成了那一类人物，岂不大可哀哉！但是，人在无可奈何的情况下是能够想出办法来的。现在我既然没有完整的时间，就挖空心思利用时间的"边角废料"。在会前、会后，甚至在会中，构思或动笔写文章。有不少会，讲话空话废话居多，传递的信息量却不大，态度欠端，话风不正，哼哼哈哈，不知所云，又佐之以"这个""那个"，间之以"唵""啊"，白白浪费精力，效果却是很少。在这时候，我往往只用一个耳朵或半个耳朵去听，就能兜住发言的全部信息量，而把剩下的一个耳朵或一个半耳朵全部关闭，把精力集中到脑海里，构思，写文章。当然，在飞机上，火车上，汽车上，甚至自行车上，特别是在步行的时候，我脑海里更是思考不停。这就是我所说的利用时间的"边角废料"。积之既久，养成"恶"习，只要在会场一坐，一闻会味，心花怒放，奇思妙想，联翩飞来；"天才火花"，闪烁不停；此时文思如万斛泉涌，在鼓掌声中，一篇短文即可写成，还耽误不了鼓掌。倘多日不开会，则脑海活动似将停止，"江郎"仿佛"才尽"。此时我反而期望开会了。这真叫作没有法子。

　　我在上面拉杂地写了自己七十年的自传。总起来看，没有大激荡，没有大震动，是一个平凡人的平凡的经历。我谈的治学经验，也都属于"勤捉"之类，卑之无甚高论。比较有点价值的也许是那些近乎怪话的意见。古人云："修辞立其诚。"我没有说谎话，只有这一点是可以告慰自己的，也算是对得起别人的。

1988 年 10 月 26 日写完

我和济南——怀鞠思敏先生

　　说到我和济南，真有点不容易下笔。我六岁到济南，十九岁离开，一口气住了十三年之久，说句夸大点的话，济南的每一寸土地都有我的足迹。现在时隔五十年，再让我来谈济南，真如古话所说的，一部十七史不知从何处说起了。

　　我想先谈一个人，一个我永世难忘的人，这就是鞠思敏先生。

　　我少无大志。小学毕业以后，不敢投考当时大名鼎鼎的一中，觉得自己只配入"破正谊"，或者"烂育英"。结果我考入了正谊中学，校长就是鞠思敏先生。

　　同在小学里一样，我在正谊也不是一个用功勤奋的学生。从年龄上来看，我是全班最小的之一，实际上也还是一个孩子。上课之余，多半是到校后面大明湖畔去钓蛙、捉虾。考试成绩还算可以，但是从来没有考过甲等第一名、第二名。对这种情况我根本就不放在心上。

　　但是鞠思敏先生却给了我极其深刻的印象。他个子魁梧，步履庄重，表情严肃却又可亲。他当时并不教课，只是在上朝会时，总是亲自对全校学生讲话。这种朝会可能是每周一次或者多次，我已经记不清楚。他讲的也无非是处世待人的道理，没有什么惊人之论。但是从他嘴里讲出来，那缓慢而低沉的声音，认真而诚恳的态度，真正打动了我们的心。以后在长达几十年中，我每每回忆这种朝会，每一回忆，心里就油然生起幸福之感。

以后我考入山东大学附设高中，校址在北园白鹤庄，一个林木茂密，绿水环绕，荷池纵横的好地方。这时，鞠先生给我们上课了，他教的是伦理学，用的课本就是蔡元培的《中国伦理学史》。书中道理也都是人所共知的，但是从他嘴里讲出来，似乎就增加了分量，让人不得不相信，不得不去遵照执行。

鞠先生不是一个光会卖嘴皮子的人。他自己的一生就证明了他是一个言行一致、极富民族气节的人。听说日本侵略者占领了济南以后，慕鞠先生大名，想方设法劝他出来工作，以壮敌伪的声势。但鞠先生总是严加拒绝。后来生计非常困难，每天只能吃开水泡煎饼加上一点咸菜，这样来勉强度日，终于在忧患中郁郁逝世。他没有能看到祖国的光复，更没有能看到祖国的解放。对他来说，这是天大的憾事。我也在离开北园以后没有能再看到鞠先生，对我来说，这也是天大的憾事。这两件憾事都已成为铁一般的事实，我将为之抱恨终天了。

然而鞠先生的影像却将永远印在我的心中，时间愈久，反而愈显得鲜明。他那热爱青年的精神，热爱教育的毅力，热爱祖国的民族骨气，我们今天处于社会主义建设中的中国人民，不是还要认真去学习吗？我每次想到济南，必然会想到鞠先生。他自己未必知道，他有这样一个当年认识他时还是一个小孩子，而今已是皤然一翁的学生在内心里是这样崇敬他。我相信，我决不会是唯一的这样的人，在全济南，在全山东，在全中国还不知道有多少人怀有同我一样的感情。在我们这些人的心中，鞠先生将永远是不死的。

1982 年 10 月 12 日

回忆梁实秋先生

　　我认识梁实秋先生，同他来往，前后也不过两三年，时间是很短的。但是，他留给我的回忆却是很长很长的。分别之后，到现在已经四十年了。我仍然时常想到他。

　　1946年夏天，我在离开了祖国十一年之后，受尽了千辛万苦，又回到了祖国怀抱，到了南京。当时刚刚打败了日本侵略者，国民党的"劫收"大员正在全国满天飞，搜刮金银财宝，兴高采烈。我这一介书生，"无条无理"，手里没有几个钱，北京大学还没有开学，拿不到工资，住不起旅馆，只好借住在我小学同学李长之在国立编译馆的办公室内。他们白天办公，我就出去游荡，晚上回来，睡在办公桌上。早晨一起床，赶快离开。国立编译馆地处台城下面，我多半在台城上云游。什么鸡鸣寺、胭脂井，我几乎天天都到。再走远一点，出城就到了玄武湖。山光水色，风物怡人。但是我并没有多少闲情逸致观赏风景。我的处境颇像旧戏中的秦琼，心里琢磨的是怎样卖掉黄骠马。

　　我这样天天游荡，梦想有朝一日自己能安定下来，有一间房子，有一张书桌。别的奢望，一点没有。我在台城上面看到郁郁葱葱的古柳，心头不由得涌出了古人的诗：

江雨霏霏江草齐，

六朝如梦鸟空啼。

无情最是台城柳，

依旧烟笼十里堤。

这里讲的仅仅是六朝。从六朝到现在，又不知道有多少朝多少代过去了。古柳依然是葱茏繁茂，改朝换代并没有影响它们的情绪。今天我站在古柳面前，一点也没有觉得它们"无情"，我觉得它们有情得很。我天天在六月的炎阳下奔波游荡，只有在台城古柳的浓荫下才能获得片刻的清凉，让我能够坐下来稍憩一会儿。我难道不该感激这些古柳而还说三道四吗？

又过了一些时候，有一天长之告诉我，梁实秋先生全家从重庆复员回到南京了。梁先生也在国立编译馆工作。我听了喜出望外。我不认识梁先生，论资排辈，他大我十几岁，应该算是我的老师。他的文章我在清华大学读书时就读过不少，很欣赏他的文才，对他潜怀崇敬之情。万万没有想到竟在南京能够见到他。见面之后，立刻对他的人品和谈吐十分倾倒。没有经过什么繁文缛节，我们成了朋友。我记得，他曾在一家大饭店里宴请过我。梁夫人和三个孩子：文茜、文蔷、文骐，都见到了。那天饭菜十分精美，交谈更是异常愉快，给我留下了深刻的印象，至今忆念难忘。我自谓尚非馋嘴之辈，可为什么独独对这次酒宴记得这样清楚呢？难道自己也属于饕餮大王之列吗？这真叫作没有法子。

解放前夕，实秋先生离开了北平，到了台湾，文茜和文骐留下没有走。在那极"左"的时代，有人把这件事看得大得不得了。现在看来，也没有什么了不起的。一个人相信马克思主义，这当然很好，这说明他进步。一个人不相信，或者暂时不相信，他也完全有自由，这也绝非反革命。我自己过去不是也不相信马克思主义吗？从来就没有哪一个人一生下就是马克思主义者，连马克思本人也不是，遑论他人。我们今天知人论事，要抱实事求是的态度。

至于说梁实秋同鲁迅有过一些争论，这是事实。是非曲直，暂作别论。我们今天反对对任何人搞"凡是"，对鲁迅也不例外。鲁迅是一个伟大人物，这谁都否认不掉。但不能说凡是鲁迅说的都是正确的。今天，事实已经证明，鲁迅也有一些话是不正确的，是形而上学的，是有偏见的。难道因为他对梁实秋有过批评意见，梁实秋这个人就应该永远打入十八层地狱吗？

实秋先生活到耄耋之年。他的学术文章，功在人民，海峡两岸，有目共睹，谁也不会有什么异词。我想特别提出一点来说一说。他到了老年，同胡适先生一样，并没有留恋异国，而是回到台湾定居。这充分说明，他是热爱我们祖国大地的。至于他的为人毫无架子，像对我和李长之这样年轻一代的人，竟也平等对待，态度真诚和蔼，更令人难忘。这种作风，即使不是绝无仅有，也总算是难能可贵。对我们今天已经成为前辈的人，不是很有教育意义吗？

　　去年，他的女儿文茜和文蔷奉父命专门来看我。我非常感动，知道他还没有忘掉我。这勾起我回忆往事。回忆虽然如云如烟，但是感情却是非常真实的。我原期望还能在大陆见他一面，不意他竟尔仙逝。我非常悲痛，想写点什么，终未果。去年，他的夫人从台湾来北京举行追思会。我正在南京开会，没能亲临参加，只能眼望台城，临风凭吊。我对他的回忆将永远保留在我的心中，直至我不能回忆为止。我的这篇短文，他当然无法看到了。但是，我仿佛觉得，而且痴情希望，他能看到。四十年音问未通，这是仅有的一次也是最后一次通音问了。悲夫！

1988 年 3 月 26 日

回忆汤用彤先生

自己已经到了望九之年。过去八十多年的忆念，如云如烟，浩渺一片。但在茫茫的烟雾中，却有几处闪光之点，宛如夏夜的晴空，群星上千上万，其中有大星数颗，熠熠闪光，明亮璀璨。无论什么时候回想起来，都晶莹如在眼前。

我对于汤用彤先生的回忆就是最闪光之点。

但是，有人会提出疑问了："你写了那么多对师友的回忆文章，为什么单单对于你回忆中最亮之点的汤锡予（先生的号）先生却没有写全面的回忆文章呢？"这问得正确，问得有理。但是，我却有自己至今还没有说出来过的说法。试想：锡予先生是在哪一年逝世的？是在1964年。一想到这个年份，事情就很清楚了。在那时候，阶级斗争已经快发展到年年讲、月月讲、日日讲的程度。所谓"无产阶级文化大革命"虽然还没有爆发，但是对政治稍有敏感的人，都会已经感到"山雨欲来风满楼"的高压气氛。锡予先生和我都属于后来在"十年浩劫"中出现的"资产阶级（反动）学术权威"这一号的人物，我若一写悼念文章，必然会流露出我的真情来。如果我还有什么优点的话，那就是，没有真感情，我不写回忆文章。但是，在那个时代，真感情都会被归入"小资产阶级"的范畴，而一旦成了"小资产阶级"，则距离"修正主义"只差毫厘了。我没有这个胆量，所以就把对锡予先生怀念感激之情，深深地埋在我的心灵深处。到了今天，环境气氛已经大大地改变了，能够把真情实感从心中移到纸上来了。

因为不在一个学校，我没有能成为锡予先生的授业弟子。但是，他的文章我是读过的，他的道德我是听说过的。"高山仰止，景行行止"，他早已是我崇拜的对象。我也崇拜一些别的大师，读其书未见其人者屡见不鲜。但我却独独对锡予先生常有幻象；我想象他是一个瘦削慈祥的老人，有五绺白须，飘拂胸前。对于别的大师，没见过面的大师，我从来没有过这样的幻象，此理我至今不解。但是，我相信，其中必有原因，一种深奥难言的原因。既然"难言"，现在就先不"言"吧。

1945 年，我在德国待了整整十年之后，二战结束，时来入梦的祖国母亲在召唤我了。我必须回国了。回国后，必须找一个职业，用当时的话来说，就是"抢一只饭碗"。古人云："民以食为天"，没有饭碗，怎么能过日子呢？于是我就写信给我的恩师、正在英国治疗目疾的陈寅恪先生，向他报告我十年来学习的过程。我的师祖吕德斯（Heinrich Lüders）正是他的老师，而我的德国恩师瓦尔德施密特（Ernst Waldschmidt）正是他的同学。因此，我一讲学习情况，他大概立即了然。不久我就收到他的一封长信，信中除了一些奖掖鼓励的话以外，他说，他想介绍我到北京大学任教。这实在是望外之喜。北大这个全国最高学府，与我本有一段因缘，1930年我曾考取北大，因梦想出国，弃北大而就清华。现在我的出国梦已经实现了，阴阳往复，往往非人力所能定，我终究又要回到北大来了。我简直狂喜不能自已，立即回信应允。这就是我来北大的最初因缘。

1945年10月，我离开住了十年的"客树回望成故乡"的哥廷根，挥泪辞别了像老母一般的女房东，到了瑞士，在这山清水绿的世界公园中住了将近半年，然后经法国马赛、越南西贡、英国占领的香港，回到了祖国的上海。路上用了将近四个月。时二战中遗留在大洋里的水雷尚未打捞，时时有触雷的危险。载着上千法国兵的英国巨轮的船长，随时都如临深履薄，战战兢兢，终于靠他们那一位上帝的保佑，渡过了险境，安然抵达西贡。从西贡至香港，海上又遇到飓风，一昼夜，小轮未能前进一寸。这个险境也终于渡过了。离开祖国将近十一年的儿子又回到母亲怀抱里来了，临登岸时，我思绪万端，悲喜交集，此情实不足为外人道也。

初到上海，人地生疏，我仿佛变成了瑞普·凡·温克（Rip van Winkel），满目茫然。幸而臧克家正住在那里，我在他家的榻榻米上睡了十几天。又转到南京，仍然是无家可归，在李长之的办公桌上睡了一个夏天。当时寅恪恩师已经从英国回国，我曾到他借住的俞大维的官邸中去谒见他。师生别离已经十多年了。各自谈了别后的情况，都有九死一生之感。杜甫诗说"今夕复何夕？共此灯烛光"，不啻为我当时的心情写照也。寅恪恩师命我持在德国发表的论文，到鸡鸣寺下中央研究院历史语言研究所去见当时北大代理校长傅斯年先生，时校长胡适尚留美未返。傅先生告诉我，按照北大的规定，在国外拿了学位回国的人，只能给予副教授的职称。我对此并不在意，能入北大，已如登龙门了，焉敢还有什么痴心妄想？如果真有的话，那不就成了不知天高地厚了吗？

在南京做了一个夏天的"流动人口"。虽然饱赏了台城古柳的清碧，玄武湖旖旎的风光，却也患上了在南京享有盛名的疟疾，颇受了点苦头。在那年的秋天，我从上海乘海轮到了秦皇岛，又从秦皇岛乘火车到了北平。锡予先生让阴法鲁先生到车站去迎接我们。时届深秋，白露已降。"凄清弥天地，落叶满长安"（长安街也），我心中说不出是什么滋味，凄凉中有欣慰，悲愁中有兴奋，既忆以往，又盼来者，茫然憺然，住进了几乎是空无一人的红楼。

第二天，少曾（阴法鲁号）陪我到设在北楼的文学院院长办公室去谒见锡予先生，他是文学院长。这是我景慕多年以后第一次见到先生。把眼前的锡予先生同我心中幻想的锡予先生一对比，当然是不相同的，然而我却更爱眼前的锡予先生。他面容端严慈祥，不苟言笑，却是即之也温，观之也诚，真蔼然仁者也。先生虽留美多年，学贯中西，可是身着灰布长衫，脚踏圆口布鞋，望之似老农老圃，没有半点"洋气"，没有丝毫教授架子和大师威风。我心中不由自主地油然生幸福之感，浑身感到一阵温暖。晚上，先生设家宴为我接风，师母也是慈祥有加，更增加了我的幸福之感。当时一介和一玄都还年小，恐怕已经记不得那天的情景了。我从这一天起就成了北大的副教授，开始了我下半生的新生活，心中陶陶然也。

我可绝没有想到，过了一个来星期，至多不过十天，锡予先生忽然告诉我：我已经被聘为北京大学正教授兼新成立的东方语言文学系主任，并且还兼任文科研究所的导师。前两者我已经不敢当，后一者人数极少，皆为饱学宿儒，我一个三十多岁的名不见经传的毛头小伙子，竟也滥竽其间，我既感光荣，又感惶恐不安。这是谁的力量呢？我心里最清楚：背后有一个人在，这都出于锡予先生的垂青与提携，说既感且愧，实不足以表达我的心情。我做副教授任期之短，恐怕是前无古人的，这无疑是北大的新纪录，后来也恐怕没有人打破的。我只能说，这是一种恩情，它对我从那以后一直到今五十多年在北大的工作中，起了而且正在起着激励的作用。

但是，我心中总还有一点遗憾之处：我没有能成为锡予先生的授业弟子。往者已矣，来者可追。大概是 1947 年，锡予先生开"魏晋玄学"这门课，课堂就在我办公室的楼上。这真是天赐良机，我焉能放过！解放前的教授，相对来讲社会地位高，工资收入丰，存在决定意识，这样就"决定"出来了"教授架子"。架子人人皆有，各有巧妙不同，没有架子的也得学着端起一副拒人的架子。我自认是一个上不得台盘的人，有没有架子，我自己不得而知。但是，在锡予先生跟前，宛如小丘之仰望泰岳，架子何从端起！而且听先生讲课，正是我求之不得的。在当时，一位教授听另外一位教授讲课，简直是骇人听闻的事。这些事情我都不想，毅然征得了锡予先生的同意，成了他班上的最忠诚的学生之一，一整年没有缺过一次课，而且每堂课都工整地做听课的笔记，巨细不遗。这一大本笔记，我至今尚保存着，只是"只在此室中，书深不知处"了，有朝一日总会重见天日的。这样一来，我就自认为是锡予先生的私淑弟子，了了一个夙愿。

锡予先生对我的关心是多方面的，他让我从红楼搬到文科研究所的大院子里去住，此地在明朝是令人闻而觳觫的特务机关东厂，是专杀好人折磨好人的地狱，据说当年的水牢还有遗迹保留着。"庭院深深深几许"，我住在最里面一个院子里，里面堆满考古挖掘出土的汉代砖棺，阴气森森，传说是闹鬼的凶宅之一。晚上没有人敢来找我，除非他在门房打听得万分清楚：季羡林确是在家里，才敢迈步走进。我也并非"季大胆"，只是在欧洲十年多，受了"西化"，成了一个"无鬼论"者，所以能处之泰然。夏夜昏黑，我经常在缕缕的马樱花香中，怡然入梦。

当时的北大真正是精兵简政。只有一个校长胡适之先生，还经常不在学校，并没有什么副校长。一个教务长主管全校的教学科研工作。一个秘书长主管全校的后勤工作。六个学院：文、理、法、农、工、医，各设院长一人。也没有听说有什么校院长联席会，什么系主任联席会。专就文学院而论，锡予先生孤身一人，聘人、升职等现在非开上无数次会不可解决的问题，那时一次会也不开，锡予先生一个人说了算。大概因为他为人正直，办事公道，从来没有出过什么娄子。我们系里遇到麻烦，我总去找锡予先生，他不动声色，帮我解除了困难。他还帮我在学校图书馆中要了一间教授研究室，所有我要用的书都从书库中提到我的研究室里，又派一位研究生马理女士当我的助手，帮我整理书籍。室内窗明几净，我心旷神怡。我之所以能写出几篇颇有点新见解的文章，不能不说是出于锡予先生之赐。我的文章写出后，首先送给锡予先生，请求指正。他的意见，哪怕是片言只语，对我总都是大有帮助的。

就这样，我们共同迎来了1949年北京的解放。在解放军围城期间，南京方面派一架专机，来接几位名单上有名的著名教授到尚未解放的南京去。锡予先生单上有名，但他却坚决不走，他期望看到新中国。有一段时间，锡予先生被任命为北大校务委员会主席，算是一个"过渡政权"。总之，北大师生共同度过了许多初解放后兴奋狂欢的令人难忘的日子。

1952年，我们北大从城里搬到了现在的燕园中来。政府早已任命马寅初先生为北大校长，只有两个副校长，其中一个是党委书记江隆基兼任，实际上主管教学和科研的就是锡予先生一人。马老德高望重，但实际上不大真管事情。江隆基是一个正直正派，有理智有良心的老革命家。据我们局外人看，校领导是团结的。当时的北大，同全国各大学和科研机构一样，几乎是天天搞"运动"。然而北大这样一所全国重点大学，一只无形的带头羊，却并没有出什么娄子，这与校领导的团结和江隆基同志的睿智正直是分不开的。

还是讲一讲我自己的情况吧。出城以后，我"官"运亨通，财源大发。先是在城里时工资被评为每月1100斤小米，解放前夕那种物价一小时一涨，火箭似的上升的可怕日子一去不复返了。后来按级别评定工资，我依稀记得：马老（马寅初）是三级，等于政府的副总理。以下是汤老（汤用彤）、翦老（翦伯赞）、曹老（曹靖华）等，具体级别记不清了。再以下就是我同其他几位老牌和名牌的教授。到了1956年，又有一次全国评定教授工资的活动，根据我的回忆，这次活动用的时间较长，工作十分细致，深入谨慎。人事处的一位领导同志，曾几次征求我的意见：中文系教授吴组缃是全国著名的小说家，《红楼梦》研究专家，中国作家协会书记处书记，我的老同学和老朋友，他问我吴能否评为一级教授，我当然觉得很够格。然而最后权衡下来，仍然定为二级，可见此事之难。据我所知，有的省份，全省只有一个一级教授，有的竟连一个也没有，真是一级之难"难于上青天"了。

然而，藐予小子竟然被评为一级，这实在令我诚惶诚恐。后来听说，常在一个餐厅里吃饭的几位教授，出于善意的又介乎可理解与不可理解之间的心理，背后赐给我了一个诨名，曰"一级"。只要我一走进食堂，有人就窃窃私语，会心而笑："一级来了！"我不怪这些同事，同他们比起来，无论是年龄或学术造诣，我都逊一筹，起个把诨名是应该的。这是由于我的运气好吗？也许是的；但是我知道，背后有一个人在，这个人不是别人，正是锡予先生。

俗话说："福不双至。"可是1956年，我竟是"福真双至"。"一级"之外，我又被评选为中国科学院哲学社会科学学部委员。这是中国一个读书人至高无上的称号，从人数之少来说，比起封建时期的"金榜题名"来，还要难得多。除了名以外，还有颇为丰厚的津贴，真可谓"名利双收"。至于是否又有人给我再起什么诨号，我不得而知，就是有的话，我也会一笑置之。

总之，在我刚过不惑之年没有几年的时候，我还只能算是一个老青年，一个中国读书人所能期望的最高的荣誉和利益，就都已稳稳地拿到手中。我是一个颇有点自知之明的人，我知道，我之所以能够做到这一步，与锡予先生不声不响的提携是分不开的。说到我自己的努力，不能说一点都没有，但那是次要的事。至于机遇，也不能说一点没有，但那更是次要之次要，微不足道了。

从1956年起直到1964年锡予先生逝世，不知道经过了多少次运动，到了1966年"十年浩劫"开始而登峰造极。在这些运动中，在历次的提职提级的活动中，我的表现都还算过得去。我真好像是淡泊名利，与人无争，至今还在燕园内外有颇令人满意的口碑。难道我真就这样好吗？我的道德真就这样高吗？不，不是的。我虽然不敢把自己归入坏人之列，因为除了替自己考虑外，我还能考虑别人。我绝对反对曹操的哲学："宁教我负天下人，休教天下人负我。"但我也绝非圣贤，七情六欲，样样都有；私心杂念，一应俱全。可是，既然在名利两个方面，我早已达到了顶峰，我还有什么可争的呢？难道我真想去"九天揽月，五洋捉鳖"吗？我之所以能够获得少许美名，其势然也。如果说我是"浪得名"，也是并不冤枉的。话又说了回来，如果没有锡予先生，我能得到这一点点美名吗？

所以，我现在只能这样说，我之所以崇敬锡予先生，忆念锡予先生，除了那些冠冕堂皇的表面理由以外，还有我内心深处从来没有对别人说起过的动机。古人说："人生得一知己足矣。"我不敢谬托自己是锡予先生的知己，我只能说锡予先生是我的知己。我生平要感谢的师辈和友辈，颇有几位，尽管我对我这一生并不完全满意，但是有了这样的师友，可以说是不虚此生了。

我自己现在已经是垂暮之年，活得早早超过了我的期望。因为我的父母都只活了四十多岁，因此，我的最高期望是活到五十岁。可是，到了今天，超过这个最高期望已经快到四十年了。我虽老迈，但还没有昏聩。曹孟德说："老骥伏枥，志在千里。"我窃不自量力，大有"老骥伏枥，志在万里"之势。在学术研究方面，我还有不少的计划。这些计划是否切合实际，可另作别论，可我确实没有攀登八宝山的计划，这一点是完全可以肯定的。

但愿我回忆中那一点最亮的光点，能够照亮我前进的道路。

1997 年 5 月 28 日

他实现了生命的价值
——悼念朱光潜先生

听到孟实先生逝世的消息，我的心情立刻沉重起来。这消息对我并不突然，因为他毕竟是快九十岁的人了，而且近几年来，身体一直不好。但是，如果他能再活上若干年，对我国的学术界，对我自己，不是更有好处吗？

现在，在北京大学内外，还颇有一些老先生可以算作我的师辈。因为，我当学生的时候，他们已经是教授了。但是，我真正听过课的老师，却只剩下孟实先生一人。按旧日的习惯，我应该称他为业师。在今天的新社会中，师生关系内容和意义都有了一些改变。但是，尊师重道仍然是我们要大力提倡的。我对于我这一位业师，一向怀有深深的敬意。而今而后，这敬意的接受者就少掉重要的一个了。

五十多年前，我在清华大学西洋文学系念书。我那时是二十岁上下。孟实先生是北京大学的教授，在清华大学兼课，年龄大概三十四五岁吧。他只教一门文艺心理学，实际上就是美学。这

152

是一门选修课。我选了这一门课，认真地听了一年。当时我就感觉到，这门课非同凡响，是我最满意的一门课，比那些英、美、法、德等国来的外籍教授所开的课好到不能比的程度。朱先生不是那种口若悬河的人，他的口才并不好，讲一口带安徽味的蓝青官话，听起来并不"美"。看来他不是一个演说家，讲课从来不看学生，两只眼向上翻，看的好像是天花板上或者窗户上的某一块地方。然而却没有废话，每一句话都清清楚楚。他介绍西方各国流行的文艺理论，有时候举一些中国旧诗词作例子，并不牵强附会，我们一听就懂。对那些古里古怪的理论，他确实能讲出一个道理来，我听起来津津有味。我觉得，他是一个有学问的人，一个在学术上诚实的人，他不哗众取宠，他不用连自己都不懂的"洋玩意儿"去欺骗、吓唬年轻的中国学生。因此，在开课以后不久，我就爱上了这门课，每周盼望上课，成为我的乐趣了。

孟实先生在课堂上介绍了许多欧洲心理学家和文艺理论家的新理论，比如李普斯的感情移入说，还有什么人的距离说，等等。他们从心理学方面，甚至从生理学方面来解释关于美的问题。其中有不少理论我觉得是有道理的，一直到今天我仍然记忆不忘。要说里面没有唯心主义成分，那是不能想象的。但是资产阶级的科学家，只要是一个有良心、不存心骗人的人，他总是会在不同程度上正视客观实际的，他的学说总会有合理成分的。我们倒洗澡水不应该连婴儿一起倒掉。达尔文和爱因斯坦难道不是资产阶级的科学家吗？但是，你能说，他们的学说完全不正确吗？我们过去有一些人习惯于用贴标签的办法来处理学术问题，把极其复杂的学术问题过分地简单化了。这不利于学术的发展。这种倾向到了"十年浩劫"期间，在"四人帮"的煽动下，达到了骇人听闻的荒谬的程度。"四人帮"竟号召对相对论一窍不通的人来批判爱因斯坦，成为千古笑谈。孟实先生完全不属于这一类人。他老老实实，本本分分，自己认识到什么程度，就讲到什么程度，一步一个脚印，无形中影响了学生。

离开清华以后，我出国一住就是十年。在这期间，国内正在奋起抗日，国际上则是第二次世界大战。"烽火连八年，家书抵亿金。"在一段相当长的时间内，我完全同祖国隔离，什么情况也不知道。1946 年回国，立即来北大工作。那时孟实先生也转来北大。他正编一个杂志，邀我写文章。我写了一篇介绍《五卷书》的文章，发表在那个杂志上。他住的地方离我的住处不远。他的办公室（他当时是西方语言文学系主任，我是东方语言文学系主任）和我的办公室相隔也不远。但是我无论如何也回忆不起来，我曾拜访过他。说起来似乎是件怪事，然而却是事实。现在恐怕有很多人认为我是什么"社会活动家"。其实我的性格毋宁说是属于孤僻一类，最怕见人。我的老师和老同学很多，我几乎是谁都不拜访。天性如此，无可奈何，而今就是想去拜访孟实先生，也完全不可能了。

我因为没有在重庆或者昆明待过，对于抗战时期那里的情况完全不了解。对于朱先生当时的情况也完全不清楚。到了北平以后，听了三言两语，我有时候也同几个清华的老同学窃窃私议过。

到了 1949 年北平解放前夕，按朱先生的地位，他完全有资格乘南京派来的专机离开中国大陆的。然而他没有这样做，他毅然留了下来，等待北平的解放。其中过程细节，我完全不清楚。然而这件事却给我留下了深刻的印象：朱先生毕竟是经受住了考验，选择了一条唯一正确的道路。

我常常想，在解放前，中国的知识分子大概分为三类：先知先觉的、后知后觉的、不知不觉的。第一类是少数，第三类也是少数。孟实先生（还有我自己），在政治上不是先知先觉；但又绝非不知不觉。爱国无分少长，革命难免先后，这恐怕是一条规律。孟实先生同一大批旧社会过来的知识分子一样，经过了几十年的观察与考验、前进与停滞，既走过阳关大道，也走过独木小桥，最终还是认识了真理，认为共产党指出的道路是唯一正确的，因而坚定不移地在这一条路上走下去。孟实先生有一些情况我原来并不清楚。只是到了前几年，我读到他在抗战期间从重庆给周扬同志写的一封信，我才知道，他对国民党并不满意，他也向往延安。我心中暗自谴责：我没有能全面了解孟实先生。总之，我认为，孟实先生一生是大节不亏的，他走的道路是一切正直的中国知识分子都应该走的道路。

这条道路当然也绝不会是平坦的。三十多年来，风风雨雨，几乎所有的老知识分子都在风雨中经受磨炼。最突出的例子当然是"十年浩劫"。孟实先生被关进了牛棚。我是自己"跳"出来的，一跳也就跳进了牛棚。想不到几十年前的师生现在成了"同棚"。

155

牛棚生活不是三言两语所能说清的。在这里暂且不谈。孟实先生在棚里的一件小事，我却始终忘记不了。他锻炼身体有一套方术，大概是东西均备，佛道沟通。在那种阴森森的生活环境中，他居然还在锻炼身体，我实在非常吃惊，而且替他捏一把汗。晚上睡下以后，我发现他在被窝里胡折腾，不知道搞一些什么名堂。早晨他还偷跑到一个角落里去打太极拳一类的东西。有一次被"监改人员"发现了，大大地挨了一通批。在这些"大老爷"眼中，我们锻炼身体是罪大恶极的。这是一件微不足道的小事，然而它的意义却不小。从中可以看出，孟实先生对自己的前途没有绝望，对我们的事业也没有绝望，他执着于生命，坚决要活下去。否则的话，他尽可以像一些别的难兄难弟一样，破罐子破摔算了。说老实话，我在当时的态度实在比不上他。这件事，我从来没有同他谈起过，只是暗暗地记在心中。

　　"四人帮"垮台以后，天日重明，孟实先生以古稀之年，重又精神抖擞，从事科研、教学和社会活动。他的生活异常的有规律。每天早晨，人们总会看到一个瘦小的老头在大图书馆前漫步。在工作方面，他抓得非常紧，他确实达到了壮心不已的程度。他译完了黑格尔的《美学》，又翻译维柯的著作。这些著作内容深奥，号称难治，能承担这种翻译工作的，并世没有第二人。孟实先生以他渊博的学识和湛深的外语水平，兢兢业业，勤勤恳恳，争分夺秒，锲而不舍，"焚膏油以继晷，恒兀兀以穷年"，终于完成了这项艰巨的工作，给我们留下了宝贵的财富，得到了学术界普遍的赞扬。

孟实先生学风谨严，一丝不苟，谦虚礼让，不耻下问。他曾多次问到我关于古代印度宗教的问题。他对中外文学都有精湛的研究，这是学术界公认的。他的文笔又流利畅达，这也是学者中间少有的。思想改造运动时，有人告诉我说是喜欢读朱先生写的自我批评的文章。我当时觉得非常可笑：这是什么时候呀，你居然还有闲情逸致来欣赏文章！然而这却是事实，可见朱先生文章感人之深。他研究中外文艺理论，态度同样严肃认真。他翻译外国名著，也是句斟字酌，不轻易下笔。严复说："一名之立，旬月踟蹰。"我在朱先生身上也发现了这种认真负责的态度。解放后，他努力学习辩证唯物主义和历史唯物主义，并以此指导自己的研究工作，给我们树立了榜样。

　　现在，孟实先生离开了我们。他一生执着追求，没有偷懒。将近九十年的漫长的道路，走过来并不容易。峰回路转，柳暗花明，他都碰到过。顺利与挫折，他都经受过。但是，他在千辛万苦之后，毕竟找到了真理，热爱祖国，热爱社会主义，找到了一个中国知识分子的最好的归宿。现在人们常谈生命的价值，我认为，孟实先生是实现了生命的价值的。

　　听到孟实先生逝世的消息时，我并没有流泪，但是在写这篇短文时，却几次泪如泉涌。生生死死，自然规律，任何人也改变不了。古人说："大块劳我以生，息我以死。"孟实先生，安息吧！你的形象将永远留在你这一个年迈而不龙钟的学生的心中。

1986 年 3 月

我记忆中的老舍先生

老舍先生含冤逝世已经二十多年了。在这段相当长的时间内，我经常想到他，想到的次数远远超过我认识他以后直至他逝世的三十多年。每次想到他，我都悲从中来。我悲的是中国失去了一位热爱祖国、热爱人民的正直的大作家，我自己失去了一位从年龄上来看算是师辈的和蔼可亲的老友。目前，我自己已经到了晚年，我的内心再也承受不住这份悲痛，我也不愿意带着它离开人间。我知道，原始人是颇为相信文字的神秘力量的，我从来没有这样相信过。但是，我现在宁愿做一个原始人，把我的悲痛和怀念转变成文字，也许这悲痛就能突然消逝掉，还我心灵的宁静，这岂不是天大的好事吗？

我从高中时代起，就读老舍先生的著作，什么《老张的哲学》《赵子曰》《二马》，我都读过。到了大学以后以及离开大学以后，只要他有新作出版，我一定先睹为快，什么《离婚》《骆驼祥子》等，我都认真读过。最初，由于水平的限制，他的著作我不敢说全都理解。可是我总觉得，他同别的作家不一样。他的语言生动幽默，是地道的北京话，间或也夹上一点儿山东俗语。他没有许多作家那种忸怩作态，让人读了感到浑身难受的非常别扭的文体，一种新鲜活泼的力量跳动在字里行间。他的幽默也同林语堂之流的那种着意为之的幽默不同。总之，老舍先生成了我毕生最喜爱的作家之一，我对他怀有崇高的敬意。

但是，我认识老舍先生却完全出于一个偶然的机会。20 世纪 30 年代初，我离开了高中，到清华大学来念书。当时老舍先生正在济南齐鲁大学教书。济南是我的老家，每年暑假，我都回去。李长之是济南人，他是我的唯一的一个小学、中学、大学"三连贯"的同学。有一年暑假，他告诉我，他要在家里请老舍先生吃饭，要我作陪。在旧社会，大学教授架子一般都非常大，他们与大学生之间宛然是两个阶级。要我陪大学教授吃饭，我真有点受宠若惊。及至见到老舍先生，他却全然不是我心目中的那种大学教授。他谈吐自然，蔼然可亲，一点架子也没有，特别是他那一口地道的京腔，铿锵有致，听他说话，简直就像是听音乐，是一种享受。从那以后，我们就算是认识了。

以后是激烈动荡的几十年。我在大学毕业以后，在济南高中教了一年国文，就到欧洲去了，一住就是十一年。回来后，在南京住了一个暑假。夜里睡在国立编译馆长之的办公桌上；白天没有地方待，就到处云游，什么台城、玄武湖、莫愁湖等，我游了一个遍。老舍先生好像同国立编译馆有什么联系，我常从长之口中听到他的名字，但是没有见过面。到了秋天，我也就离开了南京，乘海船绕道秦皇岛，来到北平。

以后又是更为激烈震荡的三年。用美式装备武装到牙齿的国民党反动军队被彻底消灭。蒋介石一小撮到台湾去了。中国人民苦斗了一百多年，终于迎来解放的春天。我们这群知识分子都亲身感受到，我们确实已经站起来了。就在这样的情况下，我在当时所谓故都又会见了老舍先生，距第一次见面已经有二十多年了。

我现在已经记不清楚我们重逢时的情景。但是我却清晰地记得20世纪50年代初期召开的一次汉语规范化会议时的情景。当时语言学界的知名人士以及曲艺界的名人都被邀请参加，其中有侯宝林、马增芬姊妹等。老舍先生、叶圣陶先生、罗常培先生、吕叔湘先生、黎锦熙先生等都参加了。这是解放后语言学界的第一次盛会。当时还没有达到会议成灾的程度，因此大家的兴致都很高，会上的气氛也十分亲切融洽。

有一天中午，老舍先生忽然建议，要请大家吃一顿地道的北京饭。大家都知道，老舍先生是地道的北京人，他讲的地道的北京饭一定会是非常地道的，都欣然答应。老舍先生对北京人民生活之熟悉，是众所周知的。有人戏称他为"北京土地"。他结交的朋友，三教九流都有。他能一个人坐在大酒缸旁，同洋车夫、旧警察等旧社会的"下等人"开怀畅饮，亲密无间，宛如亲朋旧友，谁也感觉不到他是大作家、名教授、留洋的学士。能做到这一步的，并世作家中没有第二人。这样一位老北京想请大家吃北京饭，大家的兴致哪能不高涨起来呢？商议的结果是到西四砂锅居去吃白煮肉，当然是老舍先生做东。他同饭馆的经理一直到小伙计都是好朋友，因此饭菜极佳，服务周到。大家尽兴地饱餐了一顿。虽然是一顿简单的饭，却令人毕生难忘。当时参加宴会今天还健在的叶老、吕先生大概还都记得这顿饭吧。

还有一件小事，也必须在这里提一提。忘记了是哪一年了，反正我还住在城里翠花胡同没有搬出城外。有一天，我到东安市场北门对门的一家著名的理发馆里去理发，猛然瞥见老舍先生也在那里，正躺在椅子上，下巴上白糊糊的一团肥皂泡沫，正让理发师刮脸。这不是谈话的好时机，只寒暄了几句，就什么也不说了。等我坐在椅子上时，从镜子里看到他跟我打招呼、告别，看到他的身影走出门去。我理完发要付钱时，理发师说：老舍先生已经替你付过了。这样芝麻绿豆的小事殊不足以见老舍先生的精神，但是，难道也不足以见他这种细心体贴人的心情吗？

老舍先生的道德文章，光如日月，巍如山斗，用不着我来细加评论，我也没有那个能力。我现在写的都是一些小事。然而小中见大，于琐细中见精神，于平凡中见伟大，豹窥一斑，鼎尝一脔，不也能反映出老舍先生整个人格的一个缩影吗？

中国有句俗话："好死不如赖活着。"这一句话道出了一个真理。一个人除非万不得已绝不会抛掉自己的生命。印度梵文中"死"这个动词，变化形式同被动态一样。我一直觉得非常有趣，非常有意思。印度古代语法学家深通人情，才创造出这样一个形式。死几乎都是被动的，有几个人主动地去死呢？老舍先生走上自沉这条道路，必有其不得已之处。有人说，人在临死前总会想到许多许多东西的，他会想到自己的一生的。可惜我还没有这个经验，只能在这里胡思乱想。当老舍先生徘徊在湖水岸边决心自沉时，眼望湖水茫茫，心里悲愤填膺，唤天天不应，唤地地不答，悠悠天地，仿佛只剩下自己孤身一人，他会想到自己的一生吧！这一生是忠诚于祖国、忠诚于人民的一生，然而到头来却落到这等地步。为什么呢？究竟是为什么呢？如果自己留在美国不回来，著书立说，优游自在，洋房、汽车、声名利禄，无一缺少，舒舒服服地过一辈子，说不定能寿登耄耋，富埒王侯。他不是为了热爱自己的祖国母亲，才毅然历尽艰辛回来的吗？是今天祖国母亲无法庇护自己那远方归来的游子了呢？还是不愿意庇护了呢？我猜想，老舍先生决不会埋怨自己的祖国母亲，祖国母亲永远是可爱的，在任何情况下都是可爱的。他也决不会后悔回来的，但是，他确实有一些问题难以理解，他只有横下一条心，一死了之。这样的问题，我们今天又有谁能够理解呢？我想，老舍先生还会想到自己院子里种的柿子树和菊花，他当然也会想到自己的亲人，想到自己的朋友。所有这些都是十分美好可爱的。对于这些难道他就一点也不留恋吗？绝不会的，绝不会的，但是，有一种东西梗在他的心中，像大毒蛇缠住了他，他只能纵身一跳，投入波心，让弥漫的湖水给自己带来解脱了。

两千多年以前，屈原自沉于汨罗江。他行吟泽畔，心里想的恐怕同老舍先生有类似之处吧。他想到："蝉翼为重，千钧为轻；黄钟毁弃，瓦釜雷鸣。"他又想道："举世皆浊我独清，众人皆醉我独醒。"难道老舍先生也这样想过吗？这样的问题，有谁能够答复我呢？恐怕到了地球末日也没有人能答复了。我在泪眼模糊中，看到老舍先生戴着眼镜，在和蔼地对我笑着；我耳朵里仿佛听到了他那铿锵有节奏的北京话。我浑身颤抖，连灵魂也在剧烈地震动。

呜呼！我欲无言。

1987 年 10 月 1 日晨

我的老师董秋芳先生

难道人到了晚年就只剩下回忆了吗？我不甘心承认这个事实，但又不能不承认。我现在就是回忆多于前瞻。过去六七十年不大容易想到的师友，现在却频来入梦。

其中我想的最多的是董秋芳先生。

董先生是我在济南高中时的国文教员，笔名冬芬。胡也频先生被国民党通缉后离开了高中，再上国文课时，来了一位陌生的教员，个子不高，相貌也没有什么惊人之处，一只手还似乎有点毛病，说话绍兴口音颇重，不很容易懂。但是，他的笔名我们却是熟悉的。他翻译过一本苏联小说——《争自由的波浪》，鲁迅先生作序；他写给鲁迅先生的一封长信，我们在报刊上读过，现在收在《鲁迅全集》中。因此，面孔虽然陌生，但神交却已很久。这样一来，大家处得很好，也自是意中事了。

在课堂上，他同胡先生完全不同。他不讲什么"现代文艺"，也不宣传革命，只是老老实实地讲书，认真小心地改学生的作文。他也讲文艺理论，却不是弗里茨，而是日本厨川白村的《苦闷的象征》《出了象牙之塔》，都是鲁迅先生翻译的。他出作文题目很特别，往往只在黑板上大书"随便写来"四个字，意思自然是，我们愿意写什么，就写什么；愿意怎样写，就怎样写，丝毫不受约束，有绝对的写作自由。

我就利用这个自由写了一些自己愿意写的东西。我从小学经过初中到高中前半，写的都是文言文；现在一旦改变，并没有感到有什么不适应。原因是我看了大量的白话旧小说，对"五四"以来的新文学作品，鲁迅、胡适、周作人、郭沫若、郁达夫、茅盾、巴金等人的小说和散文几乎读遍了，自己动手写白话文，颇为得心应手，仿佛从来就写白话文似的。

在阅读的过程中，潜移默化，在无意识中形成了自己对写文章的一套看法。这套看法的最初根源似乎是来自旧文学，从庄子、孟子、史记，中间经过唐宋八大家，一直到明末的公安派和竟陵派，清代的桐城派，都给了我不同程度、不同方式的灵感。这些大家时代不同，风格迥异，但是却有不少共同之处。根据我的归纳，可以归为三点：第一，感情必须充沛真挚；第二，遣词造句必须简练、优美、生动；第三，整篇布局必须紧凑、浑成。三者缺一，就不是一篇好文章。文章的开头与结尾更是至关重要。后来读了一些英国名家的散文，我也发现了同样的规律。我有时甚至想到，写文章应当像谱乐曲一样，有一个主旋律，辅之以一些小的旋律，前后照应，左右辅助，要在纷纭变化中有统一，在统一中有错综复杂，关键在于有节奏。总之，写文章必须惨淡经营。

自古以来，确有一些文章如行云流水，仿佛是信手拈来，毫无斧凿痕迹。但那是长期惨淡经营终入化境的结果。如果一开始就行云流水，必然走入魔道。

我这些想法形成于不知不觉之中，自己并没有清醒的意识。它也流露于不知不觉之中，自己也没有清醒的意识。有一次，在董先生的作文课堂上，我在"随便写来"的启迪下，写了一篇记述我回故乡奔母丧的悲痛心情的作文。感情真挚，自不待言。在谋篇布局方面却没有意识到有什么特殊之处。作文本发下来了，却使我大吃一惊。董先生在作文本每一页上面的空白处都写了一些批注，不少地方有这样的话："一处节奏""又一处节奏"，等等。我真是如拨云雾见青天："这真是我写的作文吗？"这真是我的作文，不容否认。"我为什么没有感到有什么节奏呢？"这也是事实，不容否认。我的苦心孤诣连自己也没有意识到的，却为董先生和盘托出。知己之感，油然而生。这决定了我一生的活动。从那以后，六十年来，我从事研究的是一些稀奇古怪的东西，与文章写作风马牛不相及。但是感情一受到剧烈的震动，所谓"心血来潮"，则立即拿起笔来，写点什么。至今已到垂暮之年，仍然是积习难除，锲而不舍。这同董先生的影响是绝对分不开的。我对董先生的知己之感，将伴我终生了。

高中毕业以后，到北京来念了四年大学，又回到母校济南高中教了一年国文，然后在欧洲待了将近十一年，1946年才回到祖国。在这长达二十多年的时间内，我一直没有同董秋芳老师通过信，也完全不知道他的情况。20 世纪 50 年代初，在民盟的一次会上，完全出我意料之外，我竟见到了董先生，看那样子，他已垂垂老矣。我激动得说不出话来，他也非常激动。但是我平生有一个弱点：不善于表露自己的感情。董先生看来也是如此。我们每个人心里都揣着一把火，表面上却颇淡漠，大有君子之交淡如水之慨了。

我生平还有一个弱点，我曾多次提到过，这就是，我不喜欢拜访人。这两个弱点加在一起，就产生了致命的后果：我同我平生感激最深、敬意最大的老师的关系，看上去有点若即若离了。

不记得是什么时候了，董先生退休了，离开北京回到了老家绍兴。这时候大概正处在"十年浩劫"期间，我是泥菩萨过江，自身难保。自顾不暇，没有余裕来想到董先生了。

又过一些时候，听说董先生已经作古，乍听之下，心里震动得非常剧烈。一霎时，心中几十年的回忆、内疚、苦痛，蓦地抖动起来。我深自怨艾，痛悔无已。然而已经发生过的事情是无法挽回的。看来我只能抱恨终天了。

我虽然研究佛教，但是从来不相信什么生死轮回、再世转生。可是我现在真想相信一下。我自己屈指计算了一下，我这一辈子基本上是一个善人，坏事干过一点儿，但并不影响我的功德。下一生，我不敢、也不愿奢望转生为天老爷，但我定能托生为人，不致走入畜生道。董先生当然能转生为人，这不在话下。等我们两个隔世相遇的时候，我相信，我的两个弱点经过地狱的磨炼已经克服得相当彻底，我一定能向他表露我的感情，一定常去拜访他，做一个程门立雪的好弟子。

然而，这些都是可能的吗？这不是幻想又是什么呢？"他生未卜此生休。"我怅望青天，眼睛里溢满了泪水。

1990 年 3 月 24 日

晚节善终 大节不亏
——悼念冯芝生（友兰）先生

　　芝生先生离开我们，走了。对我来说，这噩耗既在意内，又出意外。约莫三四个月以前，我曾到医院去看过他，实际上含有诀别的意味。但是，过了不久，他又奇迹般地出了院。后来听说，他又住了进去。以九十五周岁的高龄，对医院这样几出几进，最后终于永远离开了医院，也离开了我们。难道说这还不是意内之事吗？

　　可是芝生先生对自己的长寿是充满了信心的。他在八十八岁自寿联中写道：

　　　　何止于米？相期以茶。

　　　　胸怀四化，寄意三松。

　　"米"寿指八十八岁，"茶"寿指一〇八岁。他活到九十五岁，离"茶"寿还有十三年，当然不会满足的。去年，中国文化书院准备为他庆祝九十五岁诞辰，并举办国际学术讨论会。他坚持要到今年九十五周岁时举办。可见他信心之坚。他这种信心也感染了我们。我们都相信他会创造奇迹的。今年的庆典已经安排妥帖，国内外请柬都已发出，再过一个礼拜，就要举行了。可惜他偏在此时离开了我们，使庆祝改为悼念。不说这是意外又是什么呢？

在芝生先生弟子一辈儿的人中，我可能是接触到冯友兰这个名字最早的人。1926 年，我在济南一所高中读书，这是一所文科高中。课程中除了中外语文、历史、地理、心理、伦理《诗经》《书经》等以外，还有一门人生哲学，用的课本就是芝生先生的《人生哲学》。我当时只十五岁，既不懂人生，也不懂哲学。但是对这门课的内容，颇感兴趣。从此芝生先生的名字，就深深地印在我的心中，我认为，他是一个高不可攀的大人物。屈指算来，现在已有六十四年了。

后来，我考进了清华大学，入西洋文学系。芝生先生是文学院长。当时清华大学规定，文科学生必须选一门理科的课，逻辑学可以代替。我本来有可能选芝生先生的课，临时改变主意，选了金岳霖先生的课。因此我一生没有上过芝生先生的课。在大学期间，同他根本没有来往，只是偶尔听他的报告或者讲话而已。

时过境迁，我大学毕业后，当了一年高中国文教员，到欧洲去漂泊了将近十一年。抗日战争后，回到了祖国。由于陈寅恪先生的介绍，到北大来工作。这时芝生先生从大后方复员回到北平，仍然在清华任教。我们没有接触的机会，只是偶尔从别人口中得知芝生先生在西南联大时的情况，也有过一些议论。这在当时是难以避免的。至于真相究竟如何，谁也不去探究了。

不久就迎来了解放。据我的推测，芝生先生本来有资格到台湾去的。然而他留下没走，同我们共同度过了一段既感到光明，又感到幸福的时刻。至于他是怎样想的，我完全不知道。不管怎样，他的朋友和弟子们从此对他有了新的认识，这却是事实。他曾给毛泽东同志写过一封信，毛回复了一封比较长的信。"十年浩劫"期间，我听他亲口读过，他当时是异常激动的。此是后话，这里暂且不表了。

　　不久，我国政府组成了一个文化代表团，应邀赴印度和缅甸访问。这是中华人民共和国成立后第一个比较大型的出访代表团，团员中颇有一些声誉卓著、有代表性的学者、文学家和艺术家。丁西林任团长，郑振铎、阳翰笙、钱伟长、吴作人、常书鸿、张骏祥、周小燕等，以及芝生先生都是团员，我也滥竽其中。秘书长是刘白羽。因为这个团很重要，周总理亲自关心组团的工作，亲自审查出国展览的图片。记得是1951年整个夏天，我们都在做准备工作，最费事的是画片展览。我们到处拍摄、搜集能反映新中国新气象的图片，最后汇总在故宫里面的一个大殿里，满满的一屋子，请周总理最后批准。我们忙忙碌碌，过了一个异常紧张但又兴奋愉快的夏天。

　　那一年国庆节前，我们到了广州，参加了观礼活动。我们在广州又住了一段时间，将讲稿或其他文件译为英文，做好最后的准备工作。此时，广州解放时间不长，国民党的飞机有时还来骚扰，特务活动也时有所闻。我们出门，都有着便衣怀藏手枪的保安人员跟随，暗中加以保护。我们一切都准备好后，便乘车赴香港，换乘轮船，驶往缅甸，开始了对天竺和缅甸的长达几个月的长征……

从此以后，我们全团十几个人就马不停蹄，跋山涉水，几乎是一天换一个新地方，宛如走马灯一般。脑海里天天有新印象，眼前时时有新光景，乘船、乘汽车、乘火车、乘飞机，几乎看尽了春、夏、秋、冬四季风光，享尽了印度、缅甸人民无法形容的热情的款待。我不能忘记，我们曾在印度洋的海船上，看飞鱼飞跃。晚上在当空的皓月下，面对浩渺蔚蓝的波涛，追怀往事。我不能忘记，我们在印度闻名世界的奇迹泰姬陵上欣赏"琼楼玉宇高处不胜寒"的奇景。我不能忘记，我们在亚洲大陆最南端科摩林海角沐浴大海，晚上共同招待在黑暗中摸黑走八十里路、目的只是想看一看中国代表团的印度青年。我不能忘记，我们在佛祖释迦牟尼打坐成佛的金刚座旁流连瞻谒，我从印度空军飞机驾驶员手中接过几片菩提树叶，而芝生先生则用口袋装了一点金刚座上的黄土。我不能忘记，我们在金碧辉煌的土邦王公的天方夜谭般的宫殿里，共同享受豪华晚餐，自己也仿佛进入了童话世界。我不能忘记，在缅甸茵莱湖上，看缅甸船主独脚划船。我不能忘记，我们在加尔各答开着电风扇，啃着西瓜，度过新年。我不能忘记的事情太多太多了，怎么说也是说不完的。一想起印缅之行，我脑海里就成了万花筒，光怪陆离，五彩缤纷。中间总有芝生先生的影子在，其他团员也都各具特点，令人忆念难忘。这情景，当时已不寻常，何况现在事后追思呢？

根据解放后一些代表团出国访问的经验，在团员与团员之间的关系方面，往往可以看出三个阶段。初次聚在一起时，大家都和和睦睦，客客气气。后来逐渐混熟了，渐渐露出真面目，放言无忌。到了后期，临解散以前，往往又对某些人心怀不满，胸有芥蒂。这个三段论法，真有点厉害，常常真能兑现。

但是，我们的团却不是这个样子。

我们自始至终，都是能和睦相处的。我们团中还产生了一对情侣，后来有情人终成了眷属。可见气氛之融洽。在所有的团员和工作人员中，最活跃的是郑振铎先生。他身躯高大魁梧，说话声音洪亮。虽然已经渐入老境，但不失其赤子之心。他同谁都谈得来，也喜欢开个玩笑，而最爱抬杠。团中爱抬杠者，大有人在。代表团成立了一个抬杠协会，简称"杠协"。大家想选一个会长，领袖群伦。于是月旦群雄，最后觉得郑先生喜抬杠，而不自知其为抬杠，已经达到抬杠圣境，圆融无碍。大家一致推选他为"杠协"会长，在他领导之下，团中杠业发达，皆大欢喜。

郑先生同芝生先生年龄相若，而风格迥异，芝生先生看上去很威严，说话有点口吃。但有时也说点笑话，足证他是一个懂得幽默的人。郑先生开玩笑的对象往往就是芝生先生。他经常喊芝生先生为"大胡子"，不时说些开玩笑的话。有一次，理发师正给芝生先生刮脸，郑先生站在旁边起哄，连声对理发师高呼："把他的络腮胡子刮掉！"理发师不知所措，一失手，真把胡子刮掉一块。

这时候，郑先生大笑，旁边的人也陪着哄笑。然而芝生先生只是微微一笑，神色不变，可见先生的大度包容的气概。《世说新语》载："王子猷、子敬曾俱坐一室，上忽发火。子猷遽走避，不惶取屐。子敬神色恬然，徐唤左右，扶凭而出，不异平常。世以此定二王神宇。"芝生先生的神宇有点近似子敬。

上面举的只是一件微末小事。但是由小可以见大。总之，我们的代表团就是在这种熟悉而不亵渎、亲切而互相尊重的气氛中，共同生活了半年。我得以认识芝生先生，也是在这段时期内的事。屈指算来，到现在也近四十年了。

对于芝生先生的专门研究领域——中国哲学史，我几乎完全是一个门外汉，不敢胡言乱语。但是他治中国哲学史的那种坚忍不拔的精神，我却是能体会到的，而且是十分敬佩的。为了这门学问，他不知遭受了多少批判。他提倡的道德抽象继承论，也同样受到严厉的诡辩式的批判。但是，他能同时在几条战线上应战，并没有被压垮。他坚持真理，修正错误，不惜以今日之我非昨日之我，经常在修订他的《中国哲学史》，我说不清已经修订过多少次了。我相信，倘若能活到一〇八岁，他仍然是要继续修订的。只是这点精神，难道还不值得我们认真学习吗？

芝生先生走过了九十五年的漫长的人生道路，九十五岁几乎等于一个世纪。自从公元建立后，至今还不到二十个世纪。芝生先生活了公元的二十分之一，时间够长的了。他一生经历了清代、民国、洪宪、军阀混战、国民党统治、抗日战争，一直到迎来了解放。道路并不总是平坦的，有阳关大道，也有独木小桥，曲曲折折，坎坎坷坷。然而芝生先生以他那奇特的乐观精神和适应能力，不断追求真理，追求光明，忠诚于自己的学术事业，热爱祖国，热爱祖国的传统文化，终于走完了人生长途。仰不愧于天，俯不怍于地。我们可以说他是晚节善终，大节不亏。他走了一条中国老知识分子应该走的道路。在他身上，我们是可以学习到很多东西的。

芝生先生！你完成了人生的义务，掷笔去世，把无限的怀思留给了我们。

芝生先生！你度过漫长疲劳的一生，现在是应该休息的时候了。你永远休息吧！

1990 年 12 月 3 日

站在胡适之先生墓前

我现在站在胡适之先生墓前。他虽已长眠地下，但是他那典型的"我的朋友"式的笑容，仍宛然在目。可我最后一次见到这个笑容，却已是五十年前的事了。

1948年12月中旬，是北京大学建校五十周年的纪念日。此时，解放军已经包围了北平城，然而城内人心并不惶惶。北大同仁和学生也并不惶惶；而且，不但不惶惶，在人们的内心中，有的非常殷切，有的还有点狐疑，都在期望着迎接解放军。适逢北大校庆大喜的日子，许多教授都满面春风，聚集在沙滩孑民堂中，举行庆典。记得作为校长的适之先生，作了简短的讲话，满面含笑，只有喜庆的内容，没有愁苦的调子。正在这个时候，城外忽然响起了隆隆的炮声。大家相互开玩笑说："解放军给北大放礼炮哩！"简短的仪式完毕后，适之先生就辞别了大家，登上飞机，飞往南京去了。我忽然想到了李后主的几句词："最是仓皇辞庙日，教坊犹奏别离歌，垂泪对宫娥。"我想改写一下，描绘当时适之先生的情景："最是仓皇辞校日，城外礼炮声隆隆，含笑辞友朋。"我哪里知道，我们这一次会面竟是最后一次。如果我当时意识到这一点的话，是"含笑"不起来的。

从此以后，我同适之先生便天各一方，分道扬镳，"世事两茫茫"了。听说，他离开北平后，曾从南京派来一架专机，点名接走几位老朋友，他亲自在南京机场恭候。飞机返回以后，机舱门开，他满怀希望地同老友会面。然而，除了一两位以外，所有他想接的人都没有走出机舱。据说——只是据说，他当时大哭一场，心中的滋味恐怕真是不足为外人道也。

适之先生在南京也没有能待多久，"百万雄师过大江"以后，他也逃往台湾。后来又到美国去住了几年，并不得志，往日的辉煌犹如春梦一场，不复存在。后来又回到台湾，最初也不为当局所礼重。往日总统候选人的迷梦，也只留下了一个话柄，日子过得并不顺心。后来，不知怎样一来，他被选为"中央研究院"的院长，算是得到了应有的礼遇，过了几年舒适称心的日子。适之先生毕竟是一书生，一直迷恋于《水经注》的研究，如醉如痴，此时又得以从容继续下去。他的晚年可以说是差强人意的。可惜仁者不寿，猝死于宴席之间。死后哀荣备至。"中央研究院"为他建立了纪念馆，包括他生前的居室在内，并建立了胡适陵园，遗骨埋葬在院内的陵园。今天我们参拜的，就是这个规模宏伟、极为壮观的陵园。

我现在站在适之先生墓前，鞠躬之后，悲从中来，心内思潮汹涌，如惊涛骇浪，眼泪自然流出。杜甫有诗："焉知二十载，重

177

上君子堂。"我现在是："焉知五十载，躬亲扫陵墓。"此时，我的心情也是不足为外人道也。

我自己已经到望九之年，距离适之先生所待的黄泉或者天堂乐园，只差几步之遥了。回忆自己八十多年的坎坷又顺利的一生，真如一部"二十四史"，不知从何处说起了。

积八十年之经验，我认为，一个人生在世间，如果想有所成就，必须具备三个条件：才能、勤奋、机遇。行行皆然，人人皆然，概莫能外。别的人先不说了，只谈我自己。关于才能一项，再自谦也不能说自己是白痴。但是，自己并不是什么天才，这一点自知之明，我还是有的。谈到勤奋，我自认还能差强人意，用不着有什么愧怍之感。但是，我把重点放在第三项上：机遇。如果我一生还能算得上有些微成就的话，主要是靠机遇。机遇的内涵是十分复杂的，我只谈其中恩师一项。韩愈说："古之学者必有师。师者所以传道、授业、解惑也。"根据老师这三项任务，老师对学生都是有恩的。然而，在我所知道的世界语言中，只有汉文把"恩"与"师"紧密地嵌在一起，成为一个不可分割的名词。这只能解释为中国人最懂得报师恩，为其他民族所望尘莫及。

我在学术研究方面的机遇，就是我一生碰到了六位对我有教导之恩或者有知遇之恩的恩师，我不一定都听过他们的课，但是，只读他们的书也是一种教导。我在清华大学读书时，读过陈寅恪先生所有的已经发表的著作，旁听过他的"佛经翻译文学"，从而种下了研究梵文和巴利文的种子。在当了或滥竽了一年国文教员之后，由于一个天上掉下来的机遇，我到了德国哥廷根大学。正在我入学后的第二个学期，瓦尔德施米特先生调到哥廷根大学任印度学的讲座教授。当我在教务处前看到他开基础梵文的通告时，我喜极欲狂。"踏破铁鞋无觅处，得来全不费工夫。"这难道不是天赐的机遇吗？最初两个学期，选修梵文的只有我一个外国学生。然而教授仍然照教不误，而且备课充分，讲解细致，威仪俨然，一丝不苟。几乎是我一个学生垄断课堂，受益之大，自可想见。二战爆发，瓦尔德施米特先生被征从军。已经退休的原印度讲座教授西克，虽已年逾八旬，毅然又走上讲台，教的依然是我一个中国学生。西克先生不久就告诉我，他要把自己平生的绝招全传授给我，包括《梨俱吠陀》《大疏》《十王子传》，还有他费了二十年的时间才解读了的吐火罗文，在吐火罗文研究领域中，他是世界最高权威。我并非天才，六七种外语早已塞满了我那渺小的脑袋瓜，我并不想再塞进吐火罗文。然而像我的祖父一般的西克先生，告诉我的是他的决定，一点征求意见的意思都没有。我唯一能走的道路就是：敬谨遵命。现在回忆起来，冬天大雪之后，在研究所上过课，天已近黄昏，积雪白皑皑地拥满十里长街。雪厚路滑，天空阴暗，地闪雪光，路上阒静无人，我搀扶着老爷子，一步高，一步低，送他到家。我没有见过自己的祖父，现在我真觉得，我身边的老人就是我的祖父。他为了学术，不惜衰朽残年，不顾自己的健康，想把衣钵传给我这个异国青年。此时我心中思绪翻腾，感激与温暖并在，担心与爱怜奔涌。我真不知道是置身何地了。二战期间，我被困德国，一待就是十年。

二战结束后，听说寅恪先生正在英国就医，我连忙给他写了一封致敬信，并附上发表在哥廷根科学院集刊上用德文写成的论文，向他汇报我十年学习的成绩。很快就收到了他的回信，问我愿不愿意到北大去任教。北大为全国最高学府，名扬全球；但是，门槛一向极高，等闲难得进入。现在竟有一个天赐的机遇落到我头上来，我焉有不愿意之理！我立即回信同意。寅恪先生把我推荐给了当时北大校长胡适之先生、代理校长傅斯年先生、文学院长汤用彤先生。寅恪先生在学术界有极高的声望，一言九鼎。北大三位领导立即接受。于是我这个三十多岁的毛头小伙子，在国内学术界尚无藉藉名，公然堂而皇之地走进了北大的大门。唐代中了进士，就"春风得意马蹄疾，一日看遍长安花"。我虽然没有一日看遍北平花，但是，身为北大正教授兼东方语言文学系系主任，心中有点扬扬自得之感，不也是人之常情吗？

在此后的三年内，我在适之先生和锡予（汤用彤）先生领导下学习和工作，度过了一段毕生难忘的岁月。我同适之先生，虽然学术辈分不同，社会地位悬殊，想来接触是不会太多的。但是，实际上却不然，我们见面的机会非常多。他那一间在孑民堂前东屋里的狭窄简陋的校长办公室，我几乎是常客。作为系主任，我要向校长请示汇报工作，他主编报纸上的一个学术副刊，我又是撰稿者，所以免不了也常谈学术问题，最难能可贵的是他待人亲切和蔼，见什么人都是笑容满面，对教授是这样，对职员是这样，对学生是这样，对工友也是这样。从来没见他摆当时颇为流行的名人架子、教授架子。此外，在教授会上，在北大文科研究所的导师会上，在北京图书馆的评议会上，我们也时常有见面的机会。我作为一个年轻的后辈，在他面前，绝没有什么局促之感，经常如坐春风中。

适之先生是非常懂得幽默的，他绝不老气横秋，而是活泼有趣。有一件小事，我至今难忘。有一次召开教授会，杨振声先生新收得了一幅名贵的古画，为了想让大家共同欣赏，他把画带到了会上，打开铺在一张极大的桌子上，大家都啧啧称赞。这时适之先生忽然站了起来，走到桌前，把画卷了起来，做纳入袖中状，引得满堂大笑，喜气洋洋。

这时候，印度总理尼赫鲁派印度著名学者师觉月博士来北大任访问教授，还派来了十几位印度男女学生来北大留学，这也算是中印两国间的一件大事。适之先生委托我照管印度老少学者。他多次会见他们，并设宴为他们接风。师觉月做第一次演讲时，适之先生亲自出席，并用英文致欢迎词，讲中印历史上的友好关系，介绍师觉月的学术成就，可见他对此事之重视。

适之先生在美国留学时，忙于对西方，特别是对美国哲学与文化的学习，忙于钻研中国古代先秦的典籍，对印度文化以及佛教还没有进行过系统深入的研究。据说后来由于想写完《中国哲学史》，为了弥补自己的不足，开始认真研究中国佛教禅宗以及中印文化关系。我自己在德国留学时，忙于同梵文、巴利文、吐火罗文以及佛典拼命，没有余裕来从事中印文化关系史的研究。回国以后，迫于没有书籍资料，在不得已的情况下，开始注意中印文化交流史的研究。在解放前的三年中，只写过两篇比较像样的学术论文：一篇是《浮屠与佛》，一篇是《列子与佛典》。第一篇讲的问题正是适之先生同陈援庵先生争吵到面红耳赤的问题。我根据吐火罗文解决了这个问题。二老我都不敢得罪，只采取了一个骑墙的态度。我想，适之先生不会不读到这篇论文的。我只到清华园读给我的老师陈寅恪先生听。蒙他首肯，介绍给地位极高的《中央研究院史语所集刊》发表。第二篇文章，写成后我拿给了适之先生看，第二天他就给我写了一封信，信中说："《生经》一证，确凿之至！"可见他是连夜看完的。他承认了我的结论，对我无疑是一个极大的鼓舞。这一次，我来到台湾，前几天，在大会上听到李亦园先生的讲话，中间他讲到，适之先生晚年……经常同年轻的研究人员坐在一起聊天。有一次，他说，做学问应该像北京大学的季羡林那样。乍听之下，我百感交集。适之先生这样说一定同上面两篇文章有关，也可能同我们分手后十几年中我写的一些文章有关。这说明，适之先生一直到晚年还关注着我的学术研究。知己之感，油然而生。在这样的情况下，我还可能有其他任何的感想吗？

在政治方面，众所周知，适之先生是不赞成共产主义的。但是，我们不应忘记，他同样也反对三民主义。我认为，在他的心目中，世界上最好的政治就是美国政治，世界上最民主的国家就是美国。这同他的个人经历和哲学信念有关。他们实验主义者不主张什么"终极真理",而世界上所有的"主义"都与"终极真理"相似,因此他反对。他同共产党并没有任何深仇大恨。他自己说,他一辈子没有写过批判共产主义的文章,而反对国民党的文章则是写过的。我可以讲两件我亲眼看到的小事。解放前夕,北平学生动不动就示威游行,比如"沈崇事件""反饥饿反迫害"等,背后都有中共地下党在指挥发动,这一点是人所共知的,适之先生焉能不知!但是,每次北平国民党的宪兵和警察逮捕了学生,他都乘坐他那辆当时北平还极少见的汽车,奔走于各大衙门之间,逼迫国民党当局非释放学生不行。他还亲笔给南京驻北平的要人写信,为了同样的目的。据说这些信至今犹存。我个人觉得,这已经不能算是小事了。另外一件事是,有一天我到校长办公室去见适之先生。一个学生走进来对他说:昨夜延安广播电台曾对他专线广播,希望他不要走,北平解放后,将任命他为北大校长兼北京图书馆的馆长。他听了以后,含笑对那个学生说:"人家信任我吗?"谈话到此为止。这个学生的身份他不能不明白,但他不但没有拍案而起,怒发冲冠,态度依然亲切和蔼。小中见大,这些小事都是能够发人深思的。

适之先生以青年暴得大名,誉满士林。我觉得,他一生处在一个矛盾中,一个怪圈中:一方面是学术研究,一方面是政治活动和社会活动。他一生忙忙碌碌,倥偬奔波,作为一个"过河卒子",勇往直前。我不知道,他自己是否意识到身陷怪圈。当局者迷，旁观者清，我认为，这个怪圈确实存在，而且十分严重。那么，我对这个问题有什么看法呢？我觉得，不管适之先生自己如何定位，他一生毕竟是一个书生，说不好听一点，就是一个书呆子。我也举一件小事。有一次，在北京图书馆开评议会，会议开始时，适之先生匆匆赶到，首先声明，还有一个重要会议，他要早退席，会议开着开着就走了题，有人忽然谈到《水经注》。一听到《水经注》，适之先生立即精神抖擞，眉飞色舞，口若悬河。一直到散会，他也没有退席，而且兴致极高，大有挑灯夜战之势。从这样一个小例子中不也可以小中见大吗？

　　我在上面谈到了适之先生的许多德行，现在笼统称之为"优点"。我认为，其中最令我钦佩，最使我感动的却是他毕生奖掖后进。"平生不解掩人善，到处逢人说项斯。"他正是这样一个人。这样的例子是举不胜举的。中国是一个很奇怪的国家，一方面有我上面讲到的只此一家的"恩师"；另一方面却又有老虎拜猫为师学艺，猫留下了爬树一招没教给老虎，幸免被徒弟吃掉的民间故事。二者显然是有点矛盾的。适之先生对青年人一向鼓励提掖。20世纪40年代，他在美国哈佛大学遇到当时还是青年的学者周一良和杨联升等，对他们的天才和成就大为赞赏。后来周一良回到中国，倾向进步，参加革命，其结果是众所周知的。杨联升留在美国，在二三十年的长时间内，同适之先生通信论学，互相唱和，在学术成就上也是硕果累累，名扬海外。周的天才与功力，只能说是高于杨，虽然在学术上也有所表现，但是，格于形势，不免令人有未尽其才之感。看了二人的遭遇，难道我们能无动于衷吗？

　　我同适之先生在孑民堂庆祝会上分别，从此云天渺茫，天各一方，再没有能见面，也没有能互通音信。我现在谈一谈我的情况和大陆方面的情况。我同绝大多数的中老年知识分子和教师一样，怀着绝对虔诚的心情，向往光明，向往进步。觉得自己真正站起来了，大有飘飘然羽化而登仙之感，有点忘乎所以了。我从一个最初喊什么人万岁都有点忸怩的低级水平，一踏上"革命"之路，便步步登高，飞驰前进；再加上天纵睿智，虔诚无垠，全心全意，投入造神运动中。常言道："众人拾柴火焰高。"大家群策群力，造出了神，又自己膜拜，完全自觉自愿，绝无半点勉强。对自己则认真进行思想改造。原来以为自己这个知识分子，虽有缺点，并无罪恶；但是，经不住社会上根红苗壮阶层的人士天天时时在你耳边聒噪："你们知识分子身躯脏，思想臭！"西方人说："谎言说上一千遍就成为真理。"此话就应在我们身上，积久而成为一种"原罪"感，怎样改造也没有用，只有心甘情愿地居于"老九"的地位，改造，改造，再改造，直改造得懵懵懂懂，"两渚崖之间，不辩牛马"。然而涅槃难望，苦海无边，而自己却仍然是膜拜不息。经过无数次的运动，一直到"十年浩劫"，自己被关进牛棚被打得一佛出世二佛升天，皮开肉绽，仍然不停地膜拜，其精诚之心真可以惊天地泣鬼神了。改革开放以后，自己脑袋里才裂开了一点缝，"觉今是而昨非"，然而自己已快到耄耋之年，垂垂老矣，离鲁迅在《过客》一文讲到的长满了百合花的地方不太远了。

至于适之先生，他离开北大后的情况，我在上面已稍有所涉及。总体来说，我是不十分清楚的，也是我无法清楚的。到了1954年，从批判俞平伯先生的《红楼梦研究》的资产阶级唯心论起，批判之火终于烧到了适之先生身上。这是一场缺席批判。适之远在重洋之外，坐山观虎斗。即使被斗的是他自己，反正伤不了他一根毫毛，他乐得怡然观战。他的名字仿佛已经成一个稻草人。浑身是箭，一个不折不扣的"箭垛"，大陆上众家豪杰，个个义形于色，争先恐后，万箭齐发，适之先生兀自岿然不动。我幻想，这一定是一个非常难得的景观。在浪费了许多纸张和笔墨、时间和精力之余，终成为"竹篮子打水一场空"，乱哄哄一场闹剧。

适之先生于1962年猝然逝世，享年已经过了古稀，在中国历代学术史上，这已可以算是高龄了，但以今天的标准来衡量，似乎还应该活得更长一点。中国古称"仁者寿"，但适之先生只能说是"仁者不寿"。当时在大陆"左"风犹狂，一般人大概认为胡适已经是被打倒在地的人，身上被踏上了一千只脚，永世不得翻身了。这样一个人的死去，有何值得大惊小怪！所以报刊上没有一点反应。我自己当然是被蒙在鼓里，毫无所知。十几二十年以后，我脑袋里开始透进点光的时候，越想越不是滋味，曾写了一篇短文《为胡适说几句话》，我连"先生"二字都没有勇气加上，可还是有人劝我以不发表为宜。文章终于发表了，反应还差强人意，至少没有人来追查我，我心里一块石头落了地。最近几年来，改革开放之风吹绿了中华大地，知识分子的心态有了明显的转变，身上的枷锁除掉了，原罪之感也消逝了。被泼在身上的污泥浊水逐渐清除了，再也用不着天天夹着尾巴过日子了。这种思想感情上的解放，大大地提高了他们的积极性，愿意为祖国的繁荣富强贡献自己的力量。出版界也奋起直追，出版了几部《胡适文集》。安徽教育出版社雄心最强，准备出版一部超过两千万字的《胡适全集》。我可是万万没有想到，主编这一非常重要的职位，出版社竟垂青于我。我本不是胡适研究专家，我诚惶诚恐，力辞不敢应允。但是出版社却说，现在北大曾经同适之先生共过事而过从又比较频繁的人，只剩下我一个人了。铁证如山，我只能"仰"（不是"俯"）允了。我也想以此报知遇之恩于万一。我写了一篇长达一万七千字的总序，副标题：还胡适以本来面目。意思也不过是想拨乱反正，以正视听而已。前不久，又有人邀我在《学林往事》中写一篇关于适之先生的文章，理由同前，我也应允而且从台湾回来后抱病写完。这一篇文章的副标题是：毕竟一书生。原因是，前一个副标题说得太满，我哪里有能力还适之先生以本来面目呢？后一个副标题是说我对适之先生的看法，是比较实事求是的。

我在上面谈了一些琐事和非琐事，俱往矣，只留下了一些可贵的记忆。我可真是万万没有想到，到了望九之年，居然还能来到宝岛，这是以前连想都没敢想的事。到了台北以后，才发现，五十年前在北平结识的老朋友，比如梁实秋、袁同礼、傅斯年、毛子水、姚从吾等，全已作古。我真是"访旧半为鬼，惊呼热中肠"

了。天地之悠悠是自然规律，是人力所无法抗御的。

我现在站在适之先生墓前，心中浮想联翩，上下五十年，纵横数千里，往事如云如烟，又历历如在目前。中国古代有俞伯牙在钟子期墓前摔琴的故事，又有许多在挚友墓前焚稿的故事。按照这个旧理，我应当把我那新出齐了的《文集》搬到适之先生墓前焚掉，算是向他汇报我毕生科学研究的成果。但是，我此时虽思绪混乱，但神智还是清楚的，我没有这样做。我环顾陵园，只见石阶整洁，盘旋而上，陵墓极雄伟，上覆巨石，墓志铭为毛子水亲笔书写，墓后石墙上嵌有"德艺双隆"四个大字，连同墓志铭，都金光闪闪，炫人双目。我站在那里，蓦抬头，适之先生那有魅力的典型的"我的朋友"式的笑容，突然显现在眼前，五十年依稀缩为一刹那，历史仿佛没有移动。但是，一定神儿，忽然想到自己的年龄，历史毕竟是动了，可我一点也没有颓唐之感。我现在大有"老骥伏枥，志在万里"之感。我相信，有朝一日，我还会有机会重来宝岛，再一次站在适之先生的墓前。

1999 年 5 月 2 日写毕

后记

文章写完了。但是对开头处所写的 1948 年 12 月在孑民堂庆祝北大建校五十周年一事，脑袋里终究还有点疑惑。我对自己的记忆能力是颇有一点自信的；但是说它是"铁证如山"，我还没有这个胆量。怎么办呢？查书，我的日记在"文革"中被抄家时丢了几本，无巧不成书，丢的日记中正巧有 1948 年的。于是又托高鸿查胡适日记，没能查到。但是，从当时报纸上的记载中得知胡适于 12 月 15 日已离开北平，到了南京，并于 17 日在南京举行北大校庆五十周年庆祝典礼，发言时"泣不成声"云云。可见我的回忆是错了。怎么办呢？一是改写，二是保留不变。经过考虑，我采用了后者。原因何在呢？我认为，已经发生过的事情是一个现实，我脑筋里的回忆也是一个现实，一个存在形式不同的现实。既然我有这样一段回忆，必然是因为我认为，如果适之先生当时在北平，一定会有我回忆的那种情况，因此我才决定保留原文，不加更动。但那毕竟不是事实，所以写了这段"后记"，以正视听。

1999 年 5 月 14 日

痛悼克家

克家走了，永远永远地走了。有人认为是意内之事：一个老肺病，能活到九十九岁，才撒手人寰，不能不算是一个奇迹。在这个奇迹中建立首功者是克家夫人郑曼女士。每次提到郑曼，北大教授邓广铭都赞不绝口。他还利用他的相面的本领，说郑曼是什么"南人北相"。除了相面一点我完全不懂外，邓的意见我是完全同意的。

克家和我都是山东人，又都好舞笔弄墨。但是认识比较晚，原因是我在欧洲滞留太久。从 1935 年到 1946 年，一去就是十一年。我们不可能有机会认识。但是，却有机会打笔墨官司。在他的诗集《烙印》中，有一首写洋车夫的诗，其中有两句话：

夜深了不回家，

还等什么呢？

这种连三岁孩子都能懂得的道理——无非是想多拉几次，多给家里的老婆孩子带点吃的东西回去。而诗人却浓墨重彩，仿佛手持宝剑追苍蝇，显得有点滑稽而已。因此，我认为这是败笔。

类似这样的笔墨官司向来是难以做结论的。这场没有结论的官司导致我同克家成了终身挚友。我去国十一年，1946年夏回到上海，没有地方可住，就睡在克家的榻榻米上。我生平第一次，也是唯一的一次喝醉了酒，地方就在这里，时间是1946年的中秋节。

　　此时，我已应北京大学任教授之聘。下学期开学前，我无事可做。克家是有工作的，只在空闲的时候带我拜见了几位学术界的老前辈。在上海住够了，卖了一块瑞士表，给家寄了点儿钱，又到南京去看望长之。白天在无情的台城柳下漫游，晚上就睡在长之的办公桌上。六朝胜境，恍如烟云。

　　到了三秋树删繁就简的时候，我们陆续从上海、南京迁回北平。但是，他住东城赵堂子胡同，我住西郊北京大学，相距大概总有七八十里路。平常日子，除了偶尔在外面参加同一个会，享受片刻的晤谈之乐之外，要相见除非是梦里相逢了。

　　然而，忘记了是从什么时候起，我们有了一个不言的君子协定：每年旧历元旦，我们必然会从西郊来到东城克家家里，同克家、郑曼等全家共进午餐。

　　克家天生是诗人，脑中溢满了感情，尤其重视友谊，视朋友逾亲人。好朋友到门，看他那副手欲舞足欲蹈的样子，真令人心旷神怡。他表里如一，内外通明。你无论如何也不会想到有半句假话会从他的嘴中流出。

　　就连那不足七八平方米的小客厅，也透露出一些诗人的气质。

一进门，就碰到逼人的墨色。三面壁上挂着许多名人的墨迹，郭沫若、冰心、王统照、沈从文等人的都有。这就证明，这客厅真有点像唐代刘禹锡的"陋室"，"谈笑有鸿儒，往来无白丁"，这两句有名的话，也确实能透露出客室男女主人做人的风范。

郑曼这位女主人，我在上面已经说了一些好话，但是还没有完。她除了身上有那些美德外，根据我的观察，她似乎还有一点特异功能。别人做不到的事她能做到，这不是特异功能又是什么呢？我举一个小例子——种兰花。兰花是长在南方的植物，在北方很难养。我事前也并不知道郑曼养兰花。有一天，我坐在"陋室"中，在不经意中，忽然感到有几缕兰花的香气流入鼻中。鼻管里没有多大地方，容不下多少香气。人一离开赵堂子胡同，香气就随之渐减。到了车子转进燕园深处后湖十里荷香中时，鼻管里已经恍兮惚兮，但是其中有物无物却不知道了。

明眼人一看就知道，上面的说法，或者毋宁说是幻想，是没有人会认真付诸实践的。既然不能去实行，想这些劳什子干吗？这就如镜中月、水中花，聊以自怡悦而已。

写到这里我偶然想到克家的两句诗，大意是：有的人在活着，其实已经死了。有的人死了，其实还在活着。

克家属于后者，他永远永远地活着。

2004 年 10 月 22 日

悼念周一良

　　最近两个月来，我接连接到老友逝世的噩耗，内心震动，悲从中来。但是，最出我意料的、最使我哀痛的还是一良兄的远行。

　　9月16日中国文化书院在友谊宾馆友谊宫为书院导师庆祝九十华诞和"米"寿举行宴会。一良属于"米"寿的范畴，是寿星老中最年轻的。他虽已乘坐轮椅多年，但在那天的宴会上，虽称不上神采奕奕，却也面色红润，应对自如。我心里想，他还会活上若干年的。就在几天前，在10月20日，任继愈先生宴请香港饶宗颐先生，请一良和我作陪。他因身体不适，未能赴宴，亲笔签了一本书，送给饶先生。饶先生也在自己的画册上签上了名送给他。但在两天后，杨锐想把这本书送到他家时，他已经离开了人世。多么突然的消息！据说，他是在睡梦中一个人悄没声地走掉的。江淹说："自古皆有死，莫不饮恨而吞声。"一良的逝去，既不饮恨，也不吞声。据老百姓的说法，这是前生修来的。鲁迅先生也说，死大概会有点痛苦的，但一个人一生只能有一次，是会过得去的。一良的死却毫无痛苦，这对我们这些后死者也总算是一种安慰了。

　　一良小我两岁，在大学时至少应该同学二年的。但是，他当时在燕京读书，我则在清华。我们读的不是一个行当。即使相见，也不会有深交的。可以说，我们俩在大学时期是并不认识的。一直到 1946 年，我在去国十一年之后回到北平，在北大任教，他当时在清华任教。此时我们所从事的研究工作已经有一部分相同了。因为我在德国读梵文，他在美国也学了梵文。既然有了共同语言，订交自是意中事。我曾在翠花胡同寓舍中发起了一个类似读书会一类的组织，邀请研究领域相同或相近的一些青年学者定期聚会，互通信息，讨论一些大家都有兴趣的学术问题，参加者有一良、翁独健等人。开过几次会，大家都认为有所收获。从此以后，一良同我之间的相互了解加深了，友谊增强了，一直到现在，五十余年间并未减退。

　　一良出自名门世家，家学渊源，年幼时读书条件好到无法再好的水平。因此，他对中国古典文献，特别是史籍，都有很深的造诣。他曾赴日本和美国留学，熟练掌握英日两国语言，兼又天资聪颖，个人勤奋，最终成为一代学人，良有以也。中年后他专治魏晋南北朝史，旁及敦煌文献、佛教研究，多所创获，巍然大师，海内无出其右者。至于他的学术风格，我可以引汤用彤先生两句话。有一天，汤先生对我说："周一良的文章，有点像陈寅恪先生。"可见锡予先生对他评价之高。在那段非常时期，他曾同人合编过一部《世界通史》。这恐怕是一部"应制"之作，并非他之所长。

但是统观全书，并不落俗人窠臼，也可见他史学功底之深厚。可惜由于各种各样的原因，他长才未展。他留下的几部专著，绝不能说是已尽其所长，我只能引用唐人诗句"长使英雄泪满襟"了。

一良虽然自称"毕竟一书生"，但是据我看，即使他是一个书生，他也是一个有骨气、有正义感的书生，绝不是山东土话所称的"孬种"。在"十年浩劫"中，他跳出来反对北大那一位倒行逆施、炙手可热的"老佛爷"。当时北大大权全掌握在"老佛爷"手中，一良的命运可想而知。他同我一样，一跳就跳进了牛棚，我们成了"棚友"。我们住在棚中时，新北大公社的广播经常鬼哭神嚎地喊出周一良、侯仁之、季羡林的名字，连成了一串，仿佛我们是三位一体似的。有一次，忘记了是批斗什么人，我们三个都是"陪斗"。我们被赶进了原大饭厅台下的一间小屋里，像达摩老祖一样，面壁而立。我忽然听到几声巴掌打脸或脊梁的声音，清脆"悦"耳，是从周一良和侯仁之身上传过来的。我想，下面该轮到我了。我肃穆恭候，然而巴掌竟没有打过来，我顿时颇有"失望"之感。忽听台上一声狮子吼："把侯仁之、周一良、季羡林押上来！"我们就被两个壮汉反剪双臂押上台去，口号声震天动地。这种阵势我已经经受了多次，已经驾轻就熟，竟不心慌意乱，熟练地自己弯腰低头，坐上了"喷气式"。至于那些野狗狂叫般的批判发言，我却充耳不闻了。这段十分残酷然却又十分光荣的回忆，拉近了我同侯仁之和周一良的关系。

一良是十分爱国的。当年他在美国读书时，曾同另一位也是学历史的中国学者共同受到了胡适之先生的器重。据知情人说，在胡先生心目中，一良的地位超过那一位学者。如果他选择移民的道路，拿一个终身教授，搞一个名利双收，真如探囊取物，唾手可得。然而他却选择了回国的道路，至今已五十余年矣。在这长达半个多世纪的时间中，他走过的道路，有时顺顺利利，满地繁花似锦；有时又坎坎坷坷，宛如黑云压城。当他暂时飞黄腾达时，他并不骄矜；当他暂时堕入泥潭时，他也并不哀叹。他始终无怨无悔地爱着我们这个国家。我从没有听到过他发过任何牢骚，说过任何怪话。在这一点上，我虽驽钝，也愿意成为他的"同志"。因此，半个多世纪以来，我们始终维持着可喜的友谊。见面时，握手一谈，双方都感到极大的快慰。然而，一转瞬间，这一切都成了过去。"当时只道是寻常"，我在心里不禁又默诵起这句我非常喜爱的词。回首前尘，已如海上蓬莱三山，可望而不可即了。

我已年逾九旬。我在任何方面都是一个胸无大志的人，包括年龄在内，能活到这样高的年龄，极出我意料和计划。世人都认为长寿是福，我也不敢否认。但是，看到比自己年轻的老友一个个先我离去。他们成了被哀悼者，我却成了哀悼者。被哀悼者对哀悼这种事情大概是不知不觉的。我这哀悼者却是一个活生生的人，七情六欲，件件不缺。而我又偏偏是一个极重感情的人，我内心的悲哀实在不足为外人道也。鲁迅笔下那个小女孩儿看到的开满了野百合花的地方，是人人都必须到的，问题只在先后。按中国序齿的办法，我在北大教授中虽然还没有达到前三甲的水平，但早已排到了前列。到那个地方去，我是持有优待证的。那个地方早已洒扫庭除，等待我的光临了。我已下定决心，决不抢先使用优待证。但是这种事情能由我自己来决定吗？我想什么都是没有用的，我索性不再去想它，停笔凝望窗外，不久前还是绿盖擎天的荷塘，现在已经是一片惨黄。我想套用英国诗人雪莱的两句诗："如果秋天到了，冬天还会远吗？"闭目凝思，若有所悟。

2001 年 10 月 26 日

追忆李长之

　　稍微了解我的交友情况的人，恐怕都会有一个疑问：季羡林是颇重感情的人，他对逝去的师友几乎都写了纪念文章，为什么对李长之独付阙如呢？

　　这疑问提得正确，正击中了要害。我自己也有这个疑问的。原因究竟何在呢？我只能说，原因不在长之本人，而在另一位清华同学。事情不能说是小事一端，但也无关世界大局和民族兴亡，我就不再说它了。

　　长之是我一生中最早的朋友。认识他时，我只有八九岁，地方是济南一师附小。我刚从私塾转入新式小学，终日嬉戏，并不念书，也不关心别人是否念书。因此对长之的成绩如何是始终不知道的，也根本没有想知道的念头。小学生在一起玩，是常见的现象，至于三好两歹成为朋友，则颇为少见。我同长之在一师附小的情况就是这样，我不记得同他有什么亲密的往来。

　　当时的一师校长是王祝晨先生，是有名的新派人物，最先接受了"五四"的影响，语文改文言为白话。课本中有一课是举世皆知的"阿拉伯的骆驼"。我的叔父平常是不大关心我的教科书的。无巧不成书,这个"阿拉伯的骆驼"竟偶然被他看到了。看了以后,他大为惊诧,高呼:"骆驼怎么能说话呢?荒唐!荒唐!转学!转学!"

于是我立刻就转了学,从一师附小转到新育小学(后改称三合街小学)。报名口试时,老师出了一个"骡"字,我认识了,而与我同去的大我两岁的彭四哥不认识。我被分派插入高小一年级,彭四哥入初小三年级:区区一个"骡"字为我争取了一年。这也可以算是一个逸事吧。

我在新育小学不是一个用功的学生,不爱念书,专好打架。后来有人讲我性格内向,我自己也认为是这样;但在当时,我大概很不内向,而是颇为外向的,打架就是一个证明。我是怎样转为内向的呢?这问题过去从未考虑过,大概同我所处的家庭环境有关吧。反正我当时是不大念书的。每天下午下课以后,就躲到附近工地堆砖的一个角落里,大看而特看旧武侠小说,什么《彭公案》《施公案》《济公传》《东周列国志》《封神演义》《说岳》《说唐》等。《彭公案》我看到四十几续,越续越荒唐,我却乐此不疲。不认识的字当然很多。秋妹和我常开玩笑,问不认识的字是用筷子夹呢,还是用笤帚扫;前者表示不多,后者则表示极多,我大概是用笤帚扫的时候居多吧。读旧小说,叔父称之为"看闲书",是为他深恶而痛绝的。我看了几年闲书却觉得收获极大。我以后写文章,思路和文笔都似乎比较通畅,与看闲书不无关联。我痛感今天的青年闲书看得不够。是不是看闲书有百利而无一弊呢？也不能这样说，比如我想练"铁砂掌"之类的笑话，就与看闲书有关。但我认为，那究竟是些鸡毛蒜皮的事，用不着大张挞伐的。

看闲书当然会影响上正课。当时已经实行了学年学期末考试张榜的制度。我的名次总盘旋在甲等三四名，乙等一二名之间，从来没有拿到过甲等第一名。我似乎也毫无追求这种状元的野心，对名次一笑置之，我行我素，闲书照看不误。

我一转学，就同长之分了手，一分就是六年。新育毕业后，按常理说，我应该投考当时大名鼎鼎的济南一中的。但我幼无大志，自知是一个上不得台盘的人，我连报名的勇气都没有，只是凑合着报考了与"烂育英"相提并论的"破正谊"。但我的水平，特别是英语水平，恐怕确实高于一般招考正谊中学的学生，因此，我入的不是一年级，而是一年半级，讨了半年的便宜。以后事实证明，这半年是"狗咬尿泡一场空"，一点儿用处也没有。至于长之，他入的当然是一中。一中毕业以后，他好像是没有入山大附中，而是考入齐鲁大学附中，从那里又考入北京大学预科。但在北大预科毕业后，却不入北大，而是考入清华大学。我自己呢，正谊毕业以后，念了半年正谊高中。山大附设高中成立后，我转到那里去念书。念了两年，日寇占领了济南，停学一年，1929年，山东省立济南高中成立，我转到那里，1930年毕业，考入清华大学。于是，在分别六年之后，我同长之又在清华园会面了。

长之最初入的是生物系，看来是走错了路。我有一次到他屋里去，看到墙上贴着一张图，是他自己画的细胞图之类的东西，上面有教员改正的许多地方，改得花里胡哨。长之认为，细胞不应该这样排列，这样不美。他根据自己的审美观加以改变，当然就与大自然有违。这样的人能学自然科学吗？于是他转入了哲学系。又有一次我走到他屋里，又看到墙上贴着一张法文试卷。上面法文教员华兰德老小姐用红笔改得满篇红色，熠熠闪着红光。这一次，长之没有说，法文不应该这样结构，只是苦笑不已，大概是觉得自己的错误已经打破了世界纪录了吧。从这两个小例子上，完全可以看出，长之是有天赋的人，思想极为活跃，但不受任何方面的绳墨的约束。这样的人，做思想家可能有大成就，做语言学家或自然科学家则只能有大失败。长之的一生证明了这一点。

我同长之往来是很自然的。但是，不知道是怎样一来，我们同中文系的吴组缃和林庚也成了朋友，经常会面，原因大概是我们都喜欢文学，都喜欢舞笔弄墨。当时并没有什么"清学四剑客"之类的名称，可我们毫无意识地结成了一个团伙，则确是事实。我们会面，高谈阔论，说话则是尽量夸大，尽量偏激，"挥斥方遒"，粪土许多当时的文学家。有一天，茅盾的《子夜》刚出版不久，在中国文坛引起了极大的震动。我们四人当然不会无动于衷，就聚集在工字厅后面的一间大厅里，屋内光线不好，有点阴暗。但窗外荷塘里却是红荷映日，翠盖蔽天，绿柳垂烟，鸣蝉噪夏，一片暑天风光。我们四人各抒己见，有的赞美，有的褒贬，前者以组绌为代表，后者的代表是我，一直争到室内渐渐地暗了下来，已经到了吃晚饭的时候了，我们方才鸣金收兵。遥想当年的鹅湖大会，盛况也不过如此吧。

由于都是"文学青年"，又都崇拜当时文坛上的明星，我们都不自觉地拜在郑振铎先生门下，并没有什么形式，只是旁听过他在清华讲"中国文学史"的课，又各出大洋三元订购了他的《插图本中国文学史》。郑先生是名作家兼学者，但是丝毫没有当时的教授架子，同我谈话随便，笑容满面，我们结成了忘年交，终生未变。我们曾到他燕京大学的住宅去拜访过他，对他那藏书插架之丰富，狠狠地羡慕了一番。他同巴金、靳以主编了《文学季刊》，一时洛阳纸贵。我们的名字赫然印在封面上，有的是编委，有的是特约撰稿人。虚荣心恐怕是人人有之的。我们这几个二十岁刚出头的毛头小伙子，心里有点飘飘然，不是很自然的吗？有一年暑假，我同长之同回济南，他在家中宴请老舍，邀我作陪，这是我认识老舍先生之始，以后也成为了好朋友。

我同长之还崇拜另一位教授，北京大学德文系主任、清华大学兼任教授杨丙辰先生。他也是冯至先生的老师，早年在德国留过学，没拿什么学位，翻译过德国一些古典名著，其他没有什么著作。他在北京许多大学兼课，每月收入大洋一千余元，当时是一个很大的数目。他有一位年轻貌美的夫人，以捧京剧男角为主要业务。他则以每天到中山公园闲坐喝茶为主要活动。夫妇感情极好，没有儿女。杨先生的思想极为复杂，中心信仰是"四大皆空"。因此教书比较随便，每个学生皆给高分。有一天，他拿给长之和我一本德文讲文艺理论的书，书名中有一个德文字：Literatur Wissenschaft，意思是"文艺科学"。长之和我都觉得此字极为奇妙，玄机无穷，我们简直想跪下膜拜。我们俩谁也没有弄明白，葫芦里究竟卖的是什么药。后来我到了德国，才知道这是一个非常一般的字，一点玄妙也没有。长之却写文章，大肆吹捧杨先生，称他为"我们的导师"。长之称他自己的文学批评理论为"感情的批评主义"。我对理论一向不感兴趣，他这"感情的批评主义"是不是指愿意怎么说就怎么说，完全以主观印象为根据，我不得而知，一直到今天，我也是一点儿都不明白。

有一位姓张的中文系同学，同我们都不大来往，与长之来往极密。长之张皇"造名运动"，意思是尽快出名，这位张君也是一个自命"天才"的人，在这方面与长之极为投机。对这种事情，我不置一词，但是他从图书馆借书出来，挖掉书中的藏书票，又用书来垫床腿，我则极为不满，而长之漠然置之，这引起了我的反感。我认为，这是损人利己的行为，是不道德的。再扩大了，就会形成曹操主义："宁教我负天下人，休教天下人负我。"对一个文明社会来说，是完全要不得的。我是不是故意危言耸听呢？我绝无此意。这位张君，我毕业后又见过一次面，以后就再没有听到过他的消息，不知所终了。

时间已经到了1935年。我从清华毕业后，在济南省立高中教过一年国文。这一年考取了清华与德国的交换研究生。我又回到北京办理出国手续，住在清华招待所里。此时长之大概是由于转系的原因还没有毕业。我们天天见面，曾共同到南院去拜见了闻一多先生。这是我第一次拜见一多先生。当然也是最后一次了。长之还在他主编的天津《益世报》"文艺副刊"上写长文为我送行。又在北海为我饯行，邀集了不少的朋友。我们先在荷花丛中泛舟。虽然正在炎夏，但荷风吹来，身上尚微有凉意，似乎把酷暑已经驱除，而荷香入鼻，更令人心旷神怡。抬头见白塔，塔顶直入晴空，塔影则印在水面上，随波荡漾。祖国风光，实在迷人。我这个即将万里投荒的准游子，一时心潮腾涌，思绪万千。再看到这样的景色不知要等到何年何月了。

我同长之终于分了手。我到德国的前两年，我们还不断有书信往来。他给我寄去了日本学者高楠顺次郎等著的《印度古代哲学宗教史》，还在扉页上写了一封信。二战一起，邮路阻绝。我们彼此不相闻问者长达八九年之久。万里相思，婵娟难共。我在德国经历了战火和饥饿的炼狱，他在祖国饱尝了外寇炮火的残酷。朝不虑夕，生死难卜，各人有各人的一本难念的经。但是，有时候我还会想到长之的。忘记了是哪一年，我从当时在台湾教书的清华校友许振德的一封信中，得知长之的一些情况。他笔耕不辍，著述惊人，每年出几本著作，写多篇论文。著作中最引人瞩目的是《鲁迅批判》，鲁迅个人曾读到此书。当时所谓"批判"就是"评论"的意思，与后来"文革"中所习见者迥异其趣。但是，"可惜小将（也许还有老将）不读书"，这给长之招来了无穷无尽的麻烦与灾难，这是后话，在这里暂且不表了。

1946年夏天，我在离开了祖国十一年之后，终于经过千辛万苦，绕道瑞士、法国、越南、香港等地，又回到祖国的怀抱。当时我热泪盈眶，激动万端，很想跪下来，吻一下祖国的土地。我先在上海见到了克家，在他的榻榻米上睡了若干天。然后又到南京，见到了长之。我们虽已分别十一年，但在当时，我们都还是三十多岁的小伙子，并显不出什么老相。长之在国立编译馆工作，我则是无业游民。我虽已接受了北大的聘约，但尚未上班，当然没有工资。我腰缠一贯也没有，在上海卖了一块从瑞士带回来的欧美茄金表，得到八两黄金，换成法币，一半寄济南家中，一半留着自己吃饭用。住旅馆是没有钱的，晚上就睡在长之的办公桌上，活像一个流浪汉。

就这样，我的生活可以说是不安定不舒服的，确实是这样。但是也有很舒服的一面。我乍一回到祖国，觉得什么东西都可爱，都亲切，都温暖。长之的办公桌，白天是要用的。因此，我一起"床"，就必须离开那里。但是，我又没有别的地方可去，只有出门到处漫游，这就给了我一个接近祖国事物和风光的机会。这就是温暖的来源。国立编译馆离开古台城不远。每天我一离开编译馆，就直奔台城。那里绿草如茵，古柳成行，是否还有"十里"长，我说不出。反正是绿叶蔽天，浓荫匝地，"依旧烟笼十里堤"的气势俨然犹在。这里当然是最能令人发思古之幽情的地方，然而我的幽情却发不出，它完全为感激之情所掩。我套用了那首著名的唐诗，写了两句诗："有情最是台城柳，伴我长昼度寂寥。"可见我心情之一般。附近的诸名胜，比如鸡鸣寺、胭脂井之类，我是每天必到。也曾文思涌动过，想写点什么，但只写了一篇《胭脂井小品序》，有序无文，成了一只断线的风筝了。

长之在星期天当然也陪我出来走走，我们一向是无话不谈的。他向我介绍了国内的情况，特别是国民党的情况。抗战胜利后，国民党派出了很多大员，也有中员和小员，到各地去接收敌伪的财产。他们你争我夺，钩心斗角，闹得一塌糊涂，但每个人的私囊都塞得鼓鼓的。这当然会引起人民群众的愤怒，一时昏天黑地。长之对我绘声绘形地讲了这些情况，可见他对国民党是不满的。他还常带我到鼓楼附近的一条大街上新华社门外报栏那里去看中共的《新华日报》。这是危险的行动，会有人盯梢照相的。他还偷偷地告诉我，济南一中同学王某是军统特务，对他说话要小心。可见长之政治警惕性是很高的。他是我初入国门的政治指导员，让我了解了很多事情。他还介绍我认识了梁实秋先生。梁先生当时也在国立编译馆工作，他设盛宴，表示为我洗尘。从此我们成了忘年交。梁先生也是名人，却毫无名人架子。我们相处时间虽不长，但是终我们一生都维持着出自内心的友谊。

1946 年深秋，我离开了南京，回到上海，乘轮船到达秦皇岛再转乘火车到了阔别十一年多的北京。再过三年，就迎来了解放。此时长之也调来北京师范大学。中国老知识分子，最初都是豪情满怀、逸兴遄飞的，仿佛走的是铺满了鲜花的阳关大道。但是，不久运动就一个接一个铺天盖地而来，知识分子开始走上了坎坷不平的长满了荆棘的羊肠小道。言必有过，动辄得咎，几乎每个人都被弄得晕头转向，不知所云。但是，中国知识分子的爱国赤诚源远流长、根深蒂固。即使是处在这样的情况下，也几乎没有人心怀不满。总是深挖自己的灵魂，搜寻自己的缺点，结果是一种中国式的原罪感压倒了一切。据我看，这并没有产生多少消极的影响，对某些自高自大的知识分子来说，反倒会有一些好处的。这些人有意无意地总觉得高人一等。从中华人民共和国成立到20世纪60年代中叶"十年浩劫"前，中国的老知识分子的心态和情况大体上就是这样。

北大一向是政治运动的发源地，学生思想非常活跃。北师大稍有不同，但每次运动也从不迟到。我在上面已经说到，长之从南京调北师大工作，我的另一位从初中就成为朋友的同学张天麟，也调到北师大去工作。无巧不成书，每次运动，他们俩总是首先被冲击的对象，成了有名的"运动员"。张的事情在这里先不谈，只谈长之。我在上面已经说过，他并不赞成国民党。但我听说，不知道是在哪一年，他曾在文章中流露出吹捧法西斯的思想，确否不知。即使是真的，也不过只是书生狂言，也可能与他的个人英雄主义思想有关，当不得真的。最大的罪名恐怕还是他那部《鲁迅批判》。鲁迅几乎已经被尊为圣人，竟敢"批判"他，岂不是太岁头上动土！这有点咎由自取，但也不完全是这样。在"莫须有"的罪名满天飞的时候，谁碰上谁就倒霉。长之是不碰也得碰的，结果被加冕为"右派"。谁都知道，这一顶帽子无比沉重，无异于一条紧箍，而且谁都能念紧箍咒。他被剥夺了教书的权利，只在图书室搞资料，成了一个"不可接触者"。反右后，历次政治运动，他都是带头的"运动员"，遭受了不知道多少次的批判。这却不是他笔下的那种"批判"，而是连灵魂带肉体双管齐下的批斗。到了"十年浩劫"，他当然是绝对逃不过的。他受的是什么"待遇"，我不清楚。我自己则是自觉自愿地跳出来的，反对那位北大的"老佛爷"，在牛棚中饱受痛打与折磨。我们俩都是泥菩萨过江自身难保了。

"四人帮"垮台以后，天日重明，普天同庆。长之终于摘掉了"右派"帽子。虽然仍有一顶"摘帽右派"的帽子无声无影地戴在头上，但他已经感觉到轻松多了。有一天，他到燕园来看我，嘴里说着"我以前真不敢来呀！"这一句话刺痛了我的心，我感到惭愧内疚。我头上并没戴"右派"的帽子，为什么没有去看他呢？我绝不是出于政治上的考虑才不去看他的。我生平最大的缺点——说不定还是优点哩——就是不喜欢串门子。我同吴组缃和林庚同居一园之内，也是十年九不遇地去看看他们。但是长之毕竟与他俩不同。我不能这样一解释就心安理得，我感到不安。长之伸出了他的右手，五个手指已经弯曲僵硬如鸡爪，不能伸直。这意味着什么呢？我说不清。但是，我的泪水却向肚子里直流，我们相对无言了。

这好像是我同长之的最后一次会面。又隔了一段时间，我随对外友协代表团赴印度访问，在那里待的时间比较长。回国以后，听说长之已经去世，我既吃惊又痛苦。以长之的才华，本来还可以写一些比较好的文章共庆升平的。然而竟赍志以没。我们相交七十余年，生不能视其疾，死不能临其丧，我的心能得安宁吗？呜呼！长才未展，命途多舛；未臻耄耋，遽归道山。我还没有能达到"悲欢离合总无情"的水平。我年纪越老，长之入梦的次数越多。我已年届九旬，他还能入梦多少次啊！悲哉！

2001 年 8 月 29 日写毕

四

岁月温暖绵长，
爱亦芬芳

雾

浓雾又升起来了。

近几天以来，我早晨起床后第一件事就是推开窗子，欣赏外面的大雾。

我从来没有喜欢过雾。为什么现在忽然喜欢起来了呢？这其中有一点儿因缘。前天在飞机上，当飞临西藏上空时，机组人员说，加德满都现在正弥漫着浓雾，能见度只有一百米，飞机降落怕有困难，加德满都方面让我们飞得慢一点儿。我当时一方面有点儿担心，害怕如果浓雾不消，我们将降落何方？另一方面，我还有点儿好奇：加德满都也会有浓雾吗？但是，浓雾还是消了，我们的飞机按时降落在尼泊尔首都机场，场上阳光普照。

因此，我就对雾产生了好奇心和兴趣。

抵达加德满都的第二天凌晨，我一起床，推开窗子：外面是大雾弥天。昨天下午我们从加德满都的大街上看到城北面崇山峻岭，层峦叠嶂，个个都戴着一顶顶的白帽子，这些都是万古雪峰，在阳光下闪出了耀眼的银光。这是生平第一次看到这种景象，我简直像小孩子一般喜悦。现在大雾遮蔽了一切，连那些万古雪峰也隐没不见，一点儿影子也不给留下。旅馆后面的那几棵参天古树，在平常时候，高枝直刺入晴空，现在只留下淡淡的黑影，衬着白色的大雾，宛如一张中国古代的画。昨天抵达旅馆下车时，我看到一个尼泊尔妇女背着一筐红砖，倒在一大堆砖上。现在我看到一个男子，手里拿着一堆红红的东西。我以为他拿的也是红砖，但是当他走得近了一点儿时，我才发现那堆红红的东西簌簌抖动，原来是一束束红色的鲜花。我不禁自己笑了起来。

正当我失神落魄地自己暗笑的时候，忽然听到不知从哪里传来了咕咕的叫声。浓雾虽然遮蔽了形象，却遮蔽不住声音。我知道，这是鸽子的声音。当我倾耳细听时，又不知从哪里传来了阵阵的犬吠声。这都是我意想不到的情景。我万万没有想到，我在加德满都学会了喜欢的两种动物：鸽子和狗，竟同时都在浓雾中出现了。难道浓雾竟成了我在这个美丽的山城里学会欣赏的第三件东西吗？

世界上，喜欢雾的人似乎是并不多的。英国伦敦的大雾是颇有一点儿名气的。有一些作家写散文、写小说来描绘伦敦的雾，我们读起来觉得韵味无穷。对于尼泊尔文学我所知甚少，我不知道，是否也有尼泊尔作家专门写加德满都的雾。但是，不管是在伦敦，还是在加德满都，明目张胆大声赞美浓雾的人，恐怕是不会多的，其中原因我不甚了了，我也没有那种闲情逸致去钻研探讨。我现在在这高山王国的首都来对浓雾大唱赞歌，也颇出自己的意料。过去我不但没有赞美过雾，而且也没有认真去观察过雾。我眼前是由赞美而达到观察，由观察而加深了赞美。雾能把一切东西：美的、丑的、可爱的、不可爱的，一塌瓜子都给罩上一层或厚或薄的轻纱，让清楚的东西模糊起来，从而带来了另外一种美，一种在光天化日之下看不到的美、朦胧的美、模糊的美。

一些时候以前，当我第一次听到模糊数学这个名词的时候，我曾说过几句怪话：数学比任何科学都更要求清晰，要求准确，怎么还能有什么模糊数学呢？后来我读了一些介绍文章，逐渐了解了模糊数学的内容。我一反从前的想法，觉得模糊数学真是一个了不起的发现。在人类社会中，在日常生活中，在社会科学和自然科学中，有着大量模糊的东西。无论如何也无法否认这些东西的模糊性。承认这个事实，对研究学术和制定政策等都是有好处的。

在大自然中怎样呢？在大自然中模糊不清的东西更多。连审美观念也不例外。有很多东西，在很多时候，朦胧模糊的东西反而更显得美。月下观景，雾中看花，不是别有一番情趣在心头吗？在这里，观赏者有更多的自由，自己让自己的幻想插上翅膀，上天下地，纵横六合，神驰于无何有之乡，情注于自己制造的幻象之中；你想它是什么样子，它立刻就成了什么样子，比那些一清见底、纤毫不遗的东西要好得多。而且绝对一清见底、纤毫不遗的东西，在大自然中是根本不存在的。

我的幻想飞腾，忽然想到了这一切。我自诧是神来之笔，我简直陶醉在这些幻象中了。这时窗外的雾仍然稠密厚重，它似乎了解了我的心情，感激我对它的赞扬。它无法说话，只是呈现出更加美妙、更加神秘的面貌，弥漫于天地之间。

1986 年 11 月 26 日

晨　趣

　　一抬头，眼前一片金光：朝阳正跳跃在书架顶上玻璃盒内日本玩偶藤娘身上，一身和服，花团锦簇，手里拿着淡紫色的藤萝花，都熠熠发光，而且闪烁不定。

　　我开始工作的时候，窗外暗夜正在向前走动。不知怎样一来，暗夜已逝，旭日东升。这阳光是从哪里流进来的呢？窗外一棵高大的梧桐树，枝叶繁茂，仿佛张开了一张绿色的网。再远一点儿，在湖边上是成排的垂柳。所有这一些都不利于阳光的穿透。然而阳光确实流进来了，就流在藤娘身上……

　　然而，一转瞬间，阳光忽然又不见了，藤娘身上，一片阴影。窗外，在梧桐和垂柳的缝隙里，一块块蓝色的天空。成群的鸽子正盘旋飞翔在这样的天空里，黑影在蔚蓝上面画上了弧线。鸽影落在湖中，清晰可见，好像比天空里的更富有神韵，宛如镜花水月。

　　朝阳越升越高，透过浓密的枝叶，一直照到我的头上。我心中一动，阳光好像有了生命，它启迪着什么，它暗示着什么。我忽然想到印度大诗人泰戈尔，每天早上对着初升的太阳，静坐沉思，幻想与天地同体，与宇宙合一。我从来没达到这样的境界，我没有这份福气。可是我也感到太阳的威力，心中思绪腾翻，仿佛也能洞察三界，透视万物了。

现在我正处在每天工作的第二阶段的开头上。紧张地工作了一个阶段以后，我现在想缓松一下，心里有了余裕，能够抬一抬头，向四周，特别是窗外观察一下。窗外月光如旧，但是四季不同。春花，秋月，夏雨，冬雪，情趣各异，动人则一。现在正是夏季，浓绿扑人眉宇，鸽影在天，湖光如镜。多少年来，当然都是这个样子。为什么过去我竟视而不见呢？今天，藤娘身上一点闪光，仿佛照透了我的心，让我抬起头来，以崭新的眼光来衡量这一切，眼前的东西既熟悉，又陌生，我仿佛搬到了一个新的地方，把我好奇的童心一下子都引逗起来了。注视着藤娘，我的心却飞越茫茫大海，飞到了日本，怀念起赠送给我藤娘的室伏千津子夫人和室伏佑厚先生一家来。真挚的友情温暖着我的心……

窗外太阳升得更高了。梧桐树椭圆的叶子和垂柳的尖长的叶子，交织在一起，椭圆与细长相映成趣。最上一层阳光照在上面，一片嫩黄；下一层则处在背阴处，一片墨绿。远处的塔影，屹立不动。天空里的鸽影仍然在画着或长或短、或远或近的弧线。再把眼光收回来，则看到里面窗台上摆着的几盆君子兰，深绿肥大的叶子，给我心中增添了绿色的力量。

多么可爱的清晨，多么宁静的清晨！

此时我怡然自得，其乐陶陶。我真觉得，人生毕竟是非常可爱的，大地毕竟是非常可爱的。我有点儿不知老之已至了。我这个从来不写诗的人心中似乎也有了一点儿诗意。

此身合是诗人未？

鸽影湖光入目明。

我好像真正成为一个诗人了。

1988 年 10 月 13 日晨

现离奇的幻影。在这时候，这张蝙蝠形的面孔就浮动到我的眼前来，把我带到一个神秘的境地里去。在故乡的时候，另外一些老人时常把神秘的故事讲给我听，现在我自己就仿佛走到那故事里面去，这有着蝙蝠形的脸的老人也就仿佛成了里面的主人了。

第二天绝早就起来，第一个遇到的偏又是这老人。我不敢再看他，我只呆呆地注视着那棵枸杞树，注视着细弱的枝条上才冒出的红星似的小芽，看熹微的晨光慢慢地照透那凌乱的枝条。小贩的叫卖声从墙外飘过来，但我不知道他们叫卖的什么。对我，一切都充满了惊异。故乡里小村的影子，母亲的影子，时时浮掠在我的眼前。我一闭眼，仿佛自己还骑在驴背上，还能听到驴子项下的单调的铃声，看到从驴子头前伸展出去的长长又崎岖的仿佛总也走不到尽头的黄土路。在一瞬间这崎岖的再也走不到尽头的黄土路就把自己引到这陌生的地方来。在这陌生的地方，现在（一个初春的早晨）就又看到这样一个神秘的老人在枸杞树下面来来往往地做着事。

在老人，却似乎没有我这样的幻觉。他仿佛很高兴，见了我，先打一个招呼，接着就笑起来；但对我这又是怎样可怕的笑呢？鲇鱼须似的胡子向两旁咧了咧，眼与鼻子的距离被牵掣得更近了，中间耸起了几条皱纹。看起来却更像一只蝙蝠，而且像一只跃跃欲飞的蝙蝠了。我害怕，我不敢再看他，他也就拖了一片笑声消失在枸杞树的下面，留给我的仍然是蝙蝠形的脸的影子，混了一串串的金星，在我眼前晃动着，一直追到我的梦里去。

平凡的日子就这样在不平凡中消磨下去。时间的消逝终于渐渐地把我与他之间的隔膜磨去了。我从别人嘴里知道了关于他的许多事情，知道他怎样在年轻的时候从城南山里的小村漂流到这个大城市来；怎样打着光棍儿在一种极勤苦艰难的情况下活到现在；现在已是一个白须的人了，然而情况却更加艰难下去；不得已就借住在我们房子后院的一间草棚里，做着泥瓦匠。有时候，也替我们做点儿杂事。我发现，在那微笑下面隐藏着一颗怎样为生活磨透的悲苦的心。就因了这小小的发现，我同他亲近起来。他邀我到他屋里去。他的屋其实并不像个屋，只是一座靠着墙的低矮的小棚。一进门，仿佛走进一个黑洞里去，有霉湿的气息钻进鼻孔里。四壁满布着烟熏的痕迹，顶上垂下蛛网，只有一个床和一张三条腿的桌子。当我正要抽身走出来的时候，我忽然在墙龛里发现了一个肥大的大泥娃娃。他看了我注视这泥娃娃的神情，就拿下来送给我。我不了解，为什么这位奇异的老人还有这样的童心。但这泥娃娃却给了我无量的欣慰，我渐渐地觉得这蝙蝠形的脸也可爱起来了。

　　闲下来的时候，我也常随着他去玩。他领我上过圩子墙，从这上面可以看到南面云似的一列黛黑的山峰，这山峰的顶上是我的幻想常飞的地方；他领我看过护城河，使我惊讶这河里水的清和草的绿。但最常去的地方却还是出大门不远的一个古老的庙里，庙不大，院子里却栽了不少的柏树，浓荫铺满了地，给人森冷幽渺的感觉。阴暗的大殿里列着几座神像，封满了蛛网和尘土，头上有燕子垒的窠。我现在始终不明白，这样一座只能引起成年人苍茫怀古的情绪的破庙会对一个八九岁的孩子有那样大的诱惑力，一个八九岁的孩子能懂得什么怀古呢？他几乎每天要领我到那里去，我每次也很高兴地随他去。在柏树下面，他讲故事给我听，怎样一个放牛的小孩儿遇到一只狼，又怎样脱了险，一直讲到黄昏才走回来，但每次带回来的都是满腔的欢欣。就这样，时间也就在愉快中消磨过去。

这年的初夏，我们搬了一次家。随了这搬家而得到的是关于他的一些趣闻。正像其他孤独的人们一样，这老人的心，在他过去的生命里恐怕有一个很不短的期间，都在忍受着孤独的啮噬。男女间最根本最单纯的要求也常迫促着他。终于因了机缘的凑巧，他认识了一个有丈夫而不安于平凡的单调的中年女人。从第一次见面起，会有些什么样的事情在两人间进行着，人们可以用想象去填补，这中年女人不缺少会吐出玫瑰花般的话的嘴，也不缺少含有无量魔力的眼波，老人为她发狂了。但不久，就听到别人说，一个夜间，两个人被做丈夫的堵到一个屋里，这老人，究竟因为曾做过泥瓦匠，从窗户里跳出来，又越过一重墙逃走了。

这以后，人们的谈话常常转到他身上去。我每次见了这蝙蝠形的脸的老人的时候，只是忍不住想笑。我想象不出来这位面孔仿佛很严肃的老人在星光下爬墙逃走的情形。这蝙蝠形的脸还像平常一样地布满了神秘吗？这灰白的胡子还像平常一样地撅着吗？但老人却仍然像平常那样沉静严肃；他仍然要我听他讲故事，怎样一个放牛的小孩儿遇到一只狼，又怎样脱了险。我再也无心听他讲故事，我只想脱口问了出来；但终于抑压下去，把这个秘密埋在自己的心里，暗暗地玩味着这个秘密给予我的快乐。

　　老人的情况却愈加狼狈了。以前他住的那座黑洞似的草棚，现在再也住不下去，只好移到以前常领我去玩的那个古庙里去存身。庙里从来没见过和尚和道士的踪影，现在就只有他一个人孤伶地陪着那些头上垒着燕子窝的泥塑的佛像住着。自从他搬去以后，经过了一个长长的夏天，我没能见到他。在一个夏末的黄昏里，我到庙里去看他。庙仍然同从前一样衰颓，柏树仍然遮蔽着天空。一进门，四周立刻寂静了起来，仿佛已经走出了嚣喧的人间。我看到老人的背影在大殿的一个角隅里晃动，他回头看到是我，仿佛很高兴，立刻忙着搬了一条凳子，又忙着倒水。从他那迟钝的步伐上、伛偻的身躯上看来，这老人确实老了。他向我谈着他这几个月来的情况。我悠然地注视着渐渐暗下来的天空，看夜色织入柏树丛里，又布上了神像。神像的金色的脸在灰暗里闪着淡黄的光。我的心陡然冷了起来，我的四周有森森的鬼气，我自己仿佛走到一个神话的境界里去。但老人却很坦然，他把这些东西已经看惯了，他仍然絮絮地同我谈着话。我的眼前有种种的幻象，我幻想着，在中夜里，一个人睡在这样一个冷寂的古庙里，偶尔从梦中转来的时候，看到一线凄清的月光射到这金面的神像上，射到这朱齿獠牙手持巨斧的大鬼身上，心里会有什么样的感觉呢？我的心愈加冷了起来。

但老人却正在谈得高兴。他告诉我，怎样自己再也不能做泥瓦匠，怎样同街住的人常常送饭给他吃，怎样近来自己的身体处处都显出弱相；叹了几口气之后，结尾却说到自己还希望能壮壮实实地活几年。他说，昨天夜里做了个梦，梦见自己托着一个太阳。人们不是说，梦见托太阳是个好征兆吗？所以他很高兴，知道自己的身子就会慢慢地壮健起来。说这句话的时候，蝙蝠形的脸缩成一个奇异的微笑。从他的昏暗的眼里蓦地射出一道神秘的光，仿佛在前途还看到希望的幻影，还看到花。我为这奇迹惊住了。我不知道怎样回答他。抬头看外面已经全黑下来，我站起来预备走，当我走出庙门的时候，我好像从一个虚无缥缈的魔窟里走出来，我眼前时时闪动着老人眼里射出来的那一线充满了生命力的光。

看看闷人的夏天要转入淡远的凉秋去的时候，老人的情况更比以前艰苦起来，他得了病，一个长长的秋天就在病中度过去。病好了的时候，他变成了另一个人，身体伛偻得简直要折过去，随时嘴里都在哼哼着，面孔苍黑得像涂过了一层灰。除了哼哼和吐痰以外，他不再做别的事，只好在一种近于行乞的情况下把自己的生命延续下去，就这样过了年。第二年的夏天，听说我要到故都去，他特意走来看我。没进屋门，老远就听到哼哼的声音，坐下以后，在断断续续的哼声中好歹努着力迸出几句话来，接着又是成排的连珠似的咳嗽。蝙蝠形的脸缩成一个奇异的形状。我用一种带有怜悯的心情同他谈着话。我自己想，看样子生命在老人身上也不会存多久了。在谈话的空隙里，他低着头，眼光固定在地上。我蓦地又看到有同样神秘的光芒从他的眼里射了出来，他仿佛又在前途看到希望的幻影，看到花。我又惊奇了，但老人却仍然很镇定，坐了一会儿，又拖着自己孤伶的背影蹒跚地走回去。

到故都以后，我走到另一个世界里，许多新奇的事情占据了我的心，我早把老人埋在回忆的深黑的角隅里。第一次回家是在同一年的冬天。虽然只离开了半年，但我想，对老人的病躯，这已经是很够挣扎的一段长长的期间了。恐怕当时连这样也不曾想过。我下意识地觉得老人已经死了，墓上的衰草正在严冬下做着春的梦。所以我也不问到关于他的消息。蓦地想起来的时候，心里只影子似的飘过一片淡淡的悲哀。但我到家后的第五天，正在屋里坐着看水仙花的时候，又听到窗外有哼哼的声音，开门进来的就是这老人。我的脑海里电光似的一闪，这对我简直像个奇迹，我惊愕得不知所措了。他坐下，又从断断续续的哼声中进出几句套语来，接着仍然是成排的连珠似的咳嗽，比以前还要剧烈。当我问到他近来的情况的时候，他就告诉我，因为受本街流氓的排摈，他已经不能再在那个古庙里存身，就在那年的秋天，搬到一个靠近圩子墙的土洞里去了，仍然有许多人送饭给他吃，我们家也是其中之一。叹了几口气之后，又说到虽然哼哼还没能去掉，但自己觉得身体却比以前好了，这也总算是个好现象，自己还希望能壮壮实实地再活几年，说完了，又拖着自己孤伶的背影蹒跚地走回去。

　　第二天的下午，我走去看他，走近圩子墙的时候，已经没了住的人家，只有一座座纵横排列着的坟，寻了半天，好歹在一个土崖下面寻到一个洞，给一扇秫秸编成的门挡住口。我轻轻地拽开门，扑鼻的一阵烟熏的带土味的气息，老人正在用干草就地铺成的床上躺着。见了我，似乎有点儿显得仓皇，要站起来，但我止住了他。我们就谈起话来。我从门缝里看到一片大大小小的坟顶。四周仿佛凝定了似的沉寂，我不由得幻想起来，在死寂的中夜里，当鬼火闪烁着蓝光的时候，这样一个垂死的老人，在这样一个地方，想到过去，看到现在，会有什么样的感想呢？这样一个土洞不正同坟墓一样吗？眼前闪动着种种的幻象，我的心里一闪，我立刻觉得自己现在就是在坟墓里，面前坐着的有蝙蝠形的脸和白须的老人就是一具僵尸，冷栗通过了我的全身。但我抬头看老人，他仍然同平常一样地镇定；而且在镇定中还加入了点儿悠然的意味。神秘的充满了生之力的光不时从眼里射出来。我的心乱了；仿佛有什么东西急于了解而终于不了解似的，心里充满了疑惑；但又想不出究竟是什么。我不愿意再停留在这里，我顺着圩子墙颓然走回家里，在暗淡的灯光下，水仙花的芬芳的香气中，陷入了长长的不可捉摸的沉思。

　　不久，我又回到故都去。从这以后，第一次回家是在夏天，我以为老人早已死掉了；但却看到他眼里闪熠着的充满了生之力的神秘的光。第二次回家是在另一个夏天，我又以为老人早已死掉了；但他又出现了，而且哼哼也更剧烈了；然而我又看到他眼里闪熠着充满了生之力的神秘的光。每次都给我一个极大的惊奇，但过后也就消逝了。就这样，一直到去年秋天，我在故都的生活告了一个结束，又回到这个城市里来。老人早已躲出我记忆之外，因为我直觉地确定地相信，他再也不会活在人间了。我不但不向家里人问到他，连以前有的淡淡的悲哀也不浮在我的心里来。然而在一个秋末的黄昏里，又听到他的低咽而幽抑的哼哼声从窗外飘进来；在带点儿悲凉凄清的晚秋的沉寂里，哼哼声更显得阴郁，仿佛想把过去生命里的一切哀苦全从这哼声里喷泄出来。我的心战栗起来。我真想不到在过去遇到的许多奇迹之外，还有今天这样一个奇迹。我有点儿怕见他，但他终于走进来。衣服上满是土，头发凌乱得像秋草；态度仍然很镇定；脸色却更显得苍老，黧黑；腰也更显得伛偻。见了我，勉强做出一个笑容，接着就是一阵咳嗽；咳嗽间断的时候，就用哼哼来把空缝补上；同时嘴里还努力说着话，也已是些呓语似的声音。他告诉我，他来的时候走几步就得坐下休息一会儿，走了有一点钟才走到这里，当我问到他的身体的时候，他叹了口气，说，身体已经是不行了；昨天到庙里求了一个签，说他还能活几年，这使他非常高兴，他仍然希望能壮壮实实地再活几年，他不想死。我又看到有神秘的充满了生之力的光从他的昏暗的眼里射出来，他仿佛又在前途看到希望，看到花。我迷惑了，惘然地看着他拖着自己孤伶的背影蹒跚地走回去。

从去年秋天到现在，在我的生命中是一个大的转变。我过的是同以前迥乎不同的生活。在学校里过了六天以后，照例要回到我不高兴回去的家里看看，因而也就常逢到老人。每见一次面，我总觉得老人的精神和身体都比上一次要坏些，哼哼也剧烈些。但我仍然一直见面见到现在，每次都看到他从眼里射出的神秘的光，这光，在我心里，连续地打着烙印。我并不愿意老人死，甚至连想到也会使我难过。但我却固执地觉得生命对他已经没了意义。从人生的路上跋涉着走到现在，过去是辛酸的，回望只见到灰白的一线微痕；现在又处在这样一个环境里；将来呢，只要一看到自己拖了孤伶的背影蹒跚地向前走着的时候，走向将来，不正是这样一个情景吗？在将来能有什么呢？没有希望，没有花。但我抬头又看到我面前这位蝙蝠脸的老人，看到他低垂着注视着地面的眼光，充满了神秘的生命力，这眼光告诉我们，他永远不回头看，他只向前看，而且在前面他真的又看到闪烁的希望，灿烂的花。我迷惑了。对我，这蝙蝠脸是个谜，这从昏暗的眼里射出的神秘的光更是个谜。就在这两重谜里，这老人活在我的眼前，活在我的心里。谁知道这神秘的光会把他带到什么地方呢？

1935 年 5 月 2 日

Wala

　　总有一个女孩子的面影飘动在我的眼前：淡红的双腮，圆圆的大眼睛。这面影对我这样熟悉，却又这样生疏。每次当它浮起来的时候，我一点儿也不去理会，它只是这么摇摇曳曳地在我眼前浮动一会儿，蓦地又暗淡下去，终于消逝到不知什么地方去了。我的记忆也自然会随了这消逝的影子追上去，一直追到六年前的波兰车上。

　　也是同现在一样的夏末秋初的天气，我在赤都游了一整天以后，脑海里装满了红红绿绿的花坛的影像，走上波德通车。我们七个中国同学占据了一个车厢，谈笑得颇为热闹。大概快到华沙了吧，车里渐渐暗了下来，这时忽然走进一个年轻的女孩子来。我只觉得有一个秀挺的身影在我眼前一闪，还没等我细看的时候，她已经坐在我的对面。我的地理知识本来不高明。在国内的时候，对波兰我就不大清楚，对波兰的女孩子更模糊成一团。后来读到一位先生游波兰描写波兰女孩子的诗，当时的印象似乎很深，但不久就渐渐淡了下来，终于连一点儿痕迹都没有了。然而现在自己竟到了波兰，而且对面就坐了一个美丽的波兰女孩子：淡红的双腮，圆圆的大眼睛。

倘若在国内的话，七个男人同一个孤身的女孩子坐在一起，我们即使再道学，恐怕也会说一两句带着暗示的话，让女孩子红上一阵脸，我们好来欣赏娇羞含怒然而却又带笑的态度。然而现在却轮到我们红脸了。女孩子坦然地坐在那里，脸上挂着一丝微笑，把我们七个异邦的青年男子轮流看了一遍，似乎想要说话的样子。但我们都仿佛变成在老师跟前背不出书来的小学生，低了头，没有一个人敢说些什么。终于还是女孩子先开了口，她大概知道我们不能说波兰话，只用德文问我们会说哪一国的话。我们七个中有一半没学过德文。我自己虽然学过，但也只是书本子里的东西。现在既然有人问到了，也只好勉强回答说自己会说德文。谈话也就开始了，而且还是愈来愈热闹。我们真觉得语言的功用有时候并不怎样大，静默或其他别的动作还能表达更多更复杂更深刻的思想。当时我们当然不能长篇大论地叙述什么，有的时候竟连意思都表达不出来，这时我们便相对一笑，在这一笑里，我们似乎互相了解了更多更深的东西。刚才她走进来的时候，先很小心地把一个坐垫放在座位上，然后坐下去。经过了也不知道多少时候，我蓦地发现这坐垫已经移到一位中国同学的身子下面去；然而他们两个人都没注意到，当时热闹的情形也可以想见了。

在满洲里的时候，我们曾经买了几瓶啤酒似的东西。一路上，每到一个大车站，我们就下去用铁壶提开水来喝，这几瓶东西却始终珍惜着没有打开。现在却仿佛蓦地有一个默契流过我们每个人的心中，一位同学匆匆忙忙地找出来一瓶打开，没有问别人，其余的人也都兴高采烈地帮忙找杯子，没有一个人有半点儿反对的意思。不用说，我们第一杯是捧给这位美丽的女孩子的。她用手接了，先不喝，问我这是什么。我本来不很知道这究竟是什么，反正不过是酒一类的东西，而且我脑子里关于这方面的德文字也就只有一个酒字，就顺口回答说："是酒。"她于是喝了一口，立刻抬起眼含着笑仿佛谴责似的问着我说："你说是酒？"这双眼睛这样大，这样亮，又这样圆，再加上玫瑰花似的微笑，这一切深深地压住了我的心，我本来没有意思辩解，现在更没话可说，其实也不能说什么话了。她没有再说什么，拿出她自己带来的饼干分给我们吃。我们又吃又喝，忘记了现在是在火车上，是在异域；忘记了我们是初相识的异国的青年男女，根本忘记了我们自己，忘记了一切。她皮包里带着许多相片，她一张一张地拿给我们看。我们也把我们身边带的书籍画片，甚至连我们的毕业证书都找出来给她看。小小的车厢里充满了融融的欣悦。一位同学忽然问她叫什么名字，她立刻毫不扭怩地把自己的名字写在我们的簿子上：Wala，一个多么美妙令人一听就神往的名字！

　　大概将近半夜了吧，我走到另外一个车厢里想去找一个地方睡一会儿。终于在一个角落里找到一个位子。对面坐了一位大鼻子的中年人。才一出国，看到满车外国人，已经有点儿觉得生疏；再看了他这大鼻子，仿佛自己已经走进了一个童话的国土里来，有说不出的感觉。这大鼻子仿佛有魔力，把我的眼睛吸住，我非看不行。我敢发誓，我一生还没有看过这样大的鼻子。他耳朵上又罩上了无线电收音机，衬上这生在脸正中的一块大肉，这一切合起来凑成一幅奇异的图案画，看的我再也忍不住笑起来。但他偏又高兴同我说话，说着破碎的英语，一手指着自己的头，一手指着远处坐着的 Wala，头摇了两摇，奇异的图案画上浮起一丝鄙夷的微笑。我抬起头来看了看 Wala，才发现她头上戴了一顶红红绿绿的小帽子。刚才我竟没有注意到，我的全部精神都让她的淡红的双腮同圆圆的大眼睛吸住了。现在忽然发现她头上的小帽子，只觉得更增加了她的妩媚。一直到现在我还不明白，这位中年人为何讨厌这一顶同她的秀美的面孔相得益彰的小帽子。

我现在已经忆不起来，我们是怎样分的手。大概是我们，至少是我，坐着蒙蒙眈眈地睡了会儿，其间 Wala 就下了车。我当时醒了后确曾觉得非常惋惜，我们竟连一声再会都没能说，这美丽的女孩子就像神龙似的去了。我仿佛看了一个夏夜的流星。但后来自己到了德国，蓦地投到一个新的环境里去，整天让工作压得不能喘一口气。以前在国内的时候，无论是做学生，还是教书，尽有余裕的时间让自己的幻想出去飞一飞，上至青天，下至黄泉，到种种奇幻的世界里去翱翔，想到许多荒唐的事情，摹绘给自己种种金色的幻影，然后再回到这个世界里来。现在每天对着自己的全是死板板的现实，自己再没有余裕把幻想放出去，Wala 的影子似乎已经从我的记忆里消逝了去，我再也想不到她了。这样就过去了六个年头。

前两天，一个细雨萧索的初秋的晚上，一位中国同学到我家里来闲谈。谈到附近一个菜园子里新近来了一个波兰女孩子在工作。这女孩子很年轻，长得又非常美丽，父母都很有钱。在波兰刚中学毕业，正要准备进大学的时候，德国军队冲进波兰。在听过几天飞机大炮以后，于是就来了大恐怖，到处是残暴与血光。在风声鹤唳的情况里过了一年，正在庆幸着自己还能活下去的时候，又被希特勒手下的穿黑衣服的两足走兽强迫装进一辆火车里运到德国来，终于被派到哥廷根来，在这个菜园子里做下女。她天天做着牛马的工作，受着牛马的待遇，一生还没有做过这样的苦工。出门的时候，衣襟上还要挂上一个绣着 P 字的黄布，表示她是波兰人，让德国人随时都能注意她的行动；而且也只能白天出门，晚上出去要被捉起来立刻入监狱。电影院、戏院一类娱乐的地方是不许她去的。衣服票、鞋票当然领不到，衣服鞋破了也只好将就着穿，所以她这样一个年轻又美丽的女孩子，衣服是破烂不堪的，脚下穿的又是木头鞋。工资少到令人吃惊。回家的希望简直更渺茫，只有天知道，她什么时候能再见到她的故乡、她的父母！我的朋友也不由得叹了一口气。

我的眼前电火似的一闪，立刻浮起 Wala 的面影，难道这个女孩子就是 Wala 吗？但立刻我又自己否认，这不会是她的，天下不会有这样凑巧的事情。然而立刻又想到，这女孩子说不定就是 Wala，而且非是她不行；命运是非常古怪的，它有时候会安排下出人意料的事情。就这样，我的脑海里纷乱成一团，躺下无论如何也睡不着，伏在枕上听窗外雨声滴着落叶，一直到不知什么时候。

第二天早晨起来，到研究所去的时候，我就绕路到那菜园子去。这里我以前本来是常走的，一切我都很熟悉。但今天我看到这绿绿的菜畦，黄了叶子的苹果树，中间一座两层的小楼，我的眼前发亮，一切都蓦地对我生疏起来，我仿佛第一次看到这许多东西，我简直失了神似的，觉得以前菜畦没有这样绿，苹果树的叶子也没有黄过，中间并没有这样一座小楼。但现在却清清楚楚地看到眼前有这样一座楼，小小的红窗子就对着黄了叶子的苹果林，小巧得古怪又可爱。我注视这窗口，每一刹那我都盼望着，蓦地会有一个女孩子的头探出来，而且这就是 Wala。在黄了叶子的苹果树下面，我也每一刹那都在盼望着，蓦地会有一个秀挺的少女的身影出现，而且这也就是 Wala。但我什么也没看到。我带了一颗失望的心走到研究所，工作当然做不下去。黄昏回家的时候，我又绕路从这菜园子旁边走过，我直觉地觉得反正在离我住的地方不远的小楼里有一个 Wala 在；但我却没有一点儿愿望再看这小楼，再注视这窗口，只匆匆走过去，仿佛是一个被检阅的兵士。

以后，我每天要绕路到那菜园子附近去走上两趟。我什么也没看到，而且我也不希望看到什么，因为我现在已经知道，这女孩子不会是 Wala 了。不看到，自己心里终究有一个极渺茫极不成希望的希望：说不定她就真是 Wala。怀了这渺茫的希望，回到家来，每当夜深人静的时候，就把幻想放出去，到种种奇幻的世界里去翔翔，想到许多荒唐的事情，给自己摹描种种金色的幻影。这幻想会自然而然地把我带到六年前的波兰车上。我瞪大了眼睛向眼前的空虚处看去，也自然而然地有一个这样熟悉而又这样生疏的女孩子的面影摇摇曳曳地浮现起来：淡红的双腮，圆圆的大眼睛。

我每次想到的就是这似乎平淡，然而却又很深刻的诗句："同是天涯沦落人。"因为，我已经再不怀疑，即使这女孩子不是Wala，但 Wala 的命运也不会同这女孩子的有什么区别，或者要更坏。她也一定是在看过残暴与血光以后，被另外一个希特勒手下的穿黑衣服的两足走兽强迫装进一辆火车里拖到德国来，在另一块德国土地上，做着牛马的工作，受着牛马的待遇，出门的时候也同样要挂上一个 P 字黄牌，同样不能看到她的父母、她的故乡。但我自己的命运又有什么两样呢？不正有另一群兽类在千山万山外自己的故乡里散布残暴与火光吗？故乡的人们也同样做着牛马的工作，受着牛马的待遇，自己也同样不能见到自己的家属，自己的故乡。"同是天涯沦落人"，但是我们连"相逢"的机会都没有，我真希望我们这曾经一度"相识"者能够相对流一点儿泪，互相给一点儿安慰。但是，即使她现在有泪，也只好一个人独洒了，她又到什么地方能找到我呢？有时候，我曾经觉得世界小过，小到令人连呼吸都不自由；但现在我却觉得世界真正太大了。在茫茫的人海里，找寻她，不正像在大海里找寻一粒芥子吗？我们大概终不能再会面了。

1941 年于德国哥廷根

236

奇石馆

　　石头有什么奇怪的呢？只要是山区，遍地是石头，磕磕绊绊，走路很不方便，让人厌恶之不及，哪里还有什么美感呢？

　　但是，欣赏奇石，好像是中国特有的传统的审美情趣。南南北北，且不说那些名园，即使是在最普通的花园中，都能够找到几块大小不等的太湖石，甚至假山。这些石头都能够给花园增添情趣，增添美感，再衬托上古木、修竹、花栏、草坪、曲水、清池、台榭、画廊，等等，使整个花园成为一个审美的整体，错综与和谐统一，幽深与明朗并存，充分发挥出东方花园的魅力。

　　我现在所住的燕园，原是明清名园，多处有怪石古石。据说都是明末米万钟花费了惊人的巨资，从南方运来的。连颐和园中乐寿堂前那一块巨大的石头，也是米万钟运来的，因为花费太大，他这个富翁因此而破了产。

　　这些石头之所以受人青睐，并不是因为它大，而是因为它奇，它美，美在何处呢？据行家说，太湖石必须具备四个条件，才能算是美而奇：透、漏、秀、皱。用不着一个字一个字地来分析解释。

归纳起来，可以这样理解：太湖石最忌平板。如果不忌的话，则从山上削下任何一块石头来，都可以充数。那还有什么奇特，有什么诡异呢？它必须是玲珑剔透，才能显现其美，而能达到这个标准，必须是在水中已经被波浪冲刷了亿万年。夫美岂易言哉！岂易言哉！

以上说的是大石头。小石头也有同样的情况。中国人爱小石头的激情，绝不下于大石头。最著名的例子就是南京的雨花石。雨花大名垂宇宙，由来久矣。其主要特异之处在于小石头中能够辨认出来的形象。我曾在某个报刊上读到一则关于雨花石的报道，说某一块石头中有一幅观音菩萨的像，宛然如书上画的或庙中塑的，形态毕具，丝毫不爽。又有一块石头，花纹是齐天大圣孙悟空，也是形象生动，不容同任何人、神、鬼、怪混淆。这些都是鬼斧神工，本色天成，人力在这里实在无能为力。另外一种小石头就是有小山小石的盆景。一座只有几寸至多一尺来高的石头山，再陪衬上几棵极为矮小却具有参天之势的树，望之有如泰岳，巍峨崇峻，咫尺千里，真的是"一览众山小"了。

总之，中国人对奇特的石头，不管大块与小块，都情有独钟，形成了中国特有的审美情趣，为其他国家所无。美籍华人建筑大师贝聿铭先生设计香山饭店时，利用几面大玻璃窗当作前景，窗外小院中耸立着一块太湖石，窗子就成了画面。这种设计思想，极为中国审美学家所称赞。虽然贝聿铭这个设计获得了西方的国际大奖，我看这也是为了适应中国人的审美情趣，碧眼黄发人未必理解与欣赏。现在文化一词极为流行，什么东西都是文化，什么茶文化、酒文化，甚至连盐和煤都成了文化。我们现在来一个石文化，恐怕也无可厚非吧。

我可是万万没有想到，竟在离开北京数千里的曼谷——在旧时代应该说是万里吧——找到了千真万确的地地道道的石文化，我在这里参观了周镇荣先生创建的奇石馆。周先生在解放前曾在国立东方语专念过书，也可以算是北大的校友吧。去年10月，我到昆明去参加纪念郑和的大会，在那里见到了周先生。蒙他赠送奇石一块，让我分享了奇石之美。他定居泰国，家在曼谷。这次相遇，颇有一点儿旧友重逢之感。

他的奇石馆可真让我大吃一惊，大开眼界。什么叫奇石馆呢？因为我从来没有见过这样的馆，难免有一些想象。现在一见到真馆，我的想象被砸得粉碎。五光十色，五颜六色，五彩缤纷，五花八门，大大小小，方方圆圆，长长短短，粗粗细细，我搜索枯肠，把我所知道的一切带数目字的俗语都搜集到一起；又到我能记忆的旧诗词中去搜寻描写石头花纹的清词丽句。把这一切都堆集在一起，也无法描绘我的印象于万一。在这里，语言文字都没用了，剩下的只有心灵和眼睛。我只好学一学古代的禅师，不立文字，明心见性。想立也立不起来了。到了主人让我写字留念的时候，我提笔写了"琳琅满目，巧夺天工"，是用极其拙劣的书法，写出了极其拙劣的思想。晋人比我聪明，到了此时，他们只连声高呼："奈何！奈何！"我却无法学习，我要是这样高呼，大家一定会认为我神经出了毛病。

听周先生自己讲搜寻石头的故事，也是非常有趣的。他不论走到什么地方，一听到有奇石，便把一切都放下，不吃，不喝，不停，不睡，不管黑天白日，不管刮风下雨，不避危险，不顾困难，非把石头弄到手不行。馆内的藏石，有很多块都隐含着一个动人的故事。中国古书上说："精诚所至，金石为开。"这话在周镇荣先生身上得到了证明。宋代大书法家米芾酷爱石头，有"米癫拜石"的传说。我看，周先生之癫绝不在米芾之下。这也算是石坛佳话吧。

无独有偶，回到北京以后，到了 4 月 26 日，我在《中国医药报》上读到了一篇文章：《石头情结》，讲的是著名美学家王朝闻先生酷爱石头的故事。王先生我是认识的，好多年以前我们曾同在桂林开过会。漓江泛舟，同乘一船。在山清水秀弥漫乾坤的绿色中，我们曾谈过许多事情，对其为人和为学，我是衷心敬佩的。当时他大概对石头还没有产生兴趣，所以没有谈到石头。文章说："十多年前在朝闻老家里几乎见不到几块石头，近几年他家似乎成了石头的世界。"我立即就想道："这不是另外一个奇石馆吗？"朝闻老大器晚成，直到快到耄耋之年，才形成了石头情结。一旦形成，遂一发而不能遏止。他爱石头也到了癫的程度，他是以一个雕塑家、美学家的目光与感情来欣赏石头的，凡人们在石头上看不到的美，他能看到。他惊呼："大自然太神奇了。"这比我在上面讲到的晋人高呼"奈何！奈何"的情景，进了一大步。

石头到处都有，但不是人人都爱。这里面有点儿天分，有点儿缘分。这两件东西并不是人人都能有的。认识这样的人，是不是也要有点儿缘分呢？我相信，我是有这个缘分的。在不到两个月的短短的时间内。我竟能在极南极南的曼谷认识了有石头情结的周镇荣先生，又在极北极北的北京知道了老友朝闻老也有石头情结。没有缘分，能够做得到吗？请原谅我用中国流行的办法称朝闻老为北癫，称镇荣先生为南癫。南北二癫，顽石之友。在茫茫人海、芸芸众生中，这样的癫是极为难见的。知道和了解南北二癫的人，到目前为止，恐怕也只尚有我一个人。我相信，通过我这一篇短文，通过我的缘分，南北二癫会互相知名的，他们之间的缘分也会启发出来的。有朝一日，南周北王会各捧奇石相会于北京或曼谷，他们会掀髯（可惜二人都没有髯，行文至此，不得不尔）一笑的，他们都会感激我的。这样一来，岂不猗欤盛哉！我馨香祷祝之矣。

1994 年 5 月 24 日凌晨，细雨声中写完，心旷神怡

天赐良机

正当我心急似火而又一筹莫展的时候，真像是天赐良机，我的母校清华大学同德国学术交换处（DAAD）签订了一个合同：双方交换研究生，路费、制装费自己出，食宿费相互付给：中国每月三十块大洋，德国一百二十马克。条件并不理想，一百二十马克只能勉强支付食宿费用。相比之下，官费一个月八百马克，有天渊之别了。

然而，对我来说，这却像是一根救命的稻草，非抓住不行了。我在清华名义上主修德文，成绩四年全优（这其实是名不副实的），我一报名，立即通过。但是，我的困难也是明摆着的：家庭经济濒于破产，而且亲老子幼。我一走，全家生活靠什么来维持呢？我面对的都是切切实实的现实困难，在狂喜之余，不由得又心忧如焚了。

我走到了一个岔路口上：一条路是桃花，一条路是雪。开满了桃花的路上，云蒸霞蔚，前程似锦，不由得你不往前走。堆满了雪的路上，则是暗淡无光，摆在我眼前的是终生青衿，老死学官，天天为饭碗而搏斗，时时引"安静"为鉴戒。究竟何去何从？我逢到了生平第一次重大抉择。

出我意料之外，我得到了叔父和全家的支持。他们对我说：我们咬咬牙，过上两年紧日子；只要饿不死，就能迎来胜利的曙光，为祖宗门楣增辉。这种思想根源，我是清清楚楚的。当时封建科举的思想，仍然在社会上流行。人们把小学毕业看作秀才，高中毕业看作举人，大学毕业看作进士，而留洋镀金则是翰林一流。在人们眼中，我已经中了进士。古人说没有场外的举人，现在则是场外的进士。我眼看就要入场，焉能悬崖勒马呢？

认为我很"安静"的那一位宋还吾校长，也对我完全刮目相看，表现出异常的殷勤，亲自带我去找教育厅长，希望能得到点儿资助。但是，我不成才，我的"安静"又害了我，结果空手而归，再一次让校长失望。但是，他热情不减，又是勉励，又是设宴欢送，相期学成归国之日再共同工作，令我十分感动。

我高中的同事们，有的原来就是我的老师，有的是我的同辈，但年龄都比我大很多。他们对我也是刮目相看。年轻一点儿的教员，无不患上了留学热，也都是望穿秋水，欲进无门，谁也没有办法。现在我忽然捞到了镀金的机会，洋翰林指日可得，宛如蛰龙升天，他年回国，绝不会再待在济南高中了。他们羡慕的心情溢于言表。我忽然感觉到，我简直成了《儒林外史》中的范进，虽然还缺一个老泰山胡屠户和一个张乡绅，然而在众人心目中，我忽然成了特殊人物，觉得非常可笑。我虽然还没有春风得意之感，但是内心深处是颇为高兴的。

　　但是，我的困难是显而易见的。除了前面说到的家庭经济困难之外，还有制装费和旅费。因为我知道，到了德国以后，不可能有余钱买衣服，在国内制装必须周到齐全，这都需要很多钱。在过去一年内，我从工资中节余了一点儿钱，数量不大，向朋友借了点儿钱，七拼八凑，勉强做了几身衣服，装了两大皮箱。长途万里的旅行准备算是完成了。此时，我心里不知道是什么滋味，酸、甜、苦、辣，搅和在一起，但是绝没有像调和的鸡尾酒那样美妙。我充满了渴望，而又忐忑不安，有时候想得很美，有时候又忧心忡忡，在各种思想矛盾中，迎接我生平的第一次大抉择、大冒险。我终于在1935年8月1日离开了家。我留下的是一个破败的家，老亲、少妻、年幼的子女。这样一个家和我这一群亲人，他们的命运谁也不知道，正如我自己的命运一样。生离死别，古今同悲。江文通说："黯然销魂者，唯别而已矣。"他又说："割慈忍爱，离邦去里，沥泣共诀，抆血相视。"我从前读《别赋》时，只是欣赏它的文采，然而今天自己竟成了赋中人。此情此景实不足为外人道也。

　　临离家时，我思绪万端。叔父、婶母、德华（妻子），女儿婉如牵着德华的手，才出生几个月的延宗酣睡在母亲怀中，都送我到大门口。娇女、幼子还不知道什么叫离别，也许还觉得好玩儿。双亲和德华是完全理解的。我眼里含着泪，硬把大量的眼泪压在肚子里，没有敢再看他们一眼——我相信，他们眼里也一定噙着泪珠——扭头上了洋车,只有大门楼上残砖败瓦的影子在我眼前一闪。

我先乘火车到北平。办理出国手续,只有北平有可能,济南是不行的。到北平以后,我先到沙滩找了一家公寓,赁了一间房子,存放那两只大皮箱。立即赶赴清华园,在工字厅招待所找到了一个床位,同屋的是一位比我高几级的清华老毕业生,他是什么地方保险公司的总经理。夜半联床,娓娓对谈。他再三劝我,到德国后学保险。将来回国,饭碗绝不成问题,也许还是一只金饭碗。这当然很有诱惑力,但却同我的愿望完全相违。我虽向无大志,可是对做官、经商,却决无兴趣,对发财也无追求。对这位老学长的盛意,我只有心领了。

此时正值暑假,学生几乎都离校回家了。偌大一个清华园,静悄悄的。但是风光却更加旖旎,高树蔽天,浓荫匝地,花开绿丛,蝉鸣高枝;荷塘里的荷花正迎风怒放,西山的紫气依旧幻奇。风光虽美,但是我心中却感到无边的寂寞。仅仅在一年前,当我还是学生的时候,我那众多的小伙伴都还聚在一起,或临风朗读,或月下抒怀。黄昏时漫步荒郊,回校后余兴尚浓,有时候沿荷塘步月,领略荷塘月色的情趣,其乐融融,乐不可支。然而曾几何时,今天却只剩下我一个人又回到水木清华,睹物思人,对月兴叹,人去楼空,宇宙似乎也变得空荡荡的,令人无法忍受了。

我住的工字厅是清华的中心。我的老师吴宓先生的"藤影荷声之馆"就在这里。他已离校,我只能透过玻璃窗子看室中的陈设，不由忆起当年在这里高谈阔论时的情景，心中黯然。离开这里不远就是那间临湖大厅，"水木清华"四个大字的匾就挂在后面。这个厅很大，里面摆满了红木家具，气象高雅华贵。平常很少有人来，因此幽静得很。几年前，我有时候同吴组缃、林庚、李长之等几个好友到这里来闲谈。我们都还年轻，有点儿不知道天高地厚，说话海阔天空，旁若无人。我们不是粪土当年万户侯，而是挥斥当代文学家。记得茅盾的《子夜》出版时，我们几个人在这里碰头，议论此书。当时意见截然分成两派：一派完全肯定，一派基本否定。大家争吵了个不亦乐乎。我们这种侃大山，一向没有结论，也不需要有结论。各自把自己的话尽量夸大其词地说完，然后再谈别的问题，觉得其乐无穷。今天我一个人来到这间大厅里，睹物思人，又不禁有点儿伤感了。

在这期间，我有的是空闲。我曾拜见了几位老师。首先是冯友兰先生，据说同德国方面签订合同，就是由于他的斡旋。其次是蒋廷黻先生，据说他在签订合同中也出了力。他恳切劝我说，德国是法西斯国家，在那里一定要谨言慎行，免得惹起麻烦。我感谢师长的叮嘱。我也拜见了闻一多先生。这是我同他第一次见面；不幸的是，也是最后一次见面。等到十一年后我回国时，他早已被国民党反动派暗杀了。他是一位我异常景仰的诗人和学者。当时谈话的内容我已经完全忘记，但是他的形象却永远留在我心中。

有一个晚上，吃过晚饭，孤身无聊，信步走出工字厅，到朱

246

自清先生的《荷塘月色》中所描写的荷塘边上去散步。于时新月当空，万籁无声。明月倒影荷塘中，比天上那一个似乎更加圆明皎洁。在月光下，荷叶和荷花都失去了色彩，变成了灰蒙蒙的一个颜色。但是缕缕荷香直逼鼻管，使我仿佛能看到翠绿的荷叶和红艳的荷花。荷叶丛中闪熠着点点的火花，是早出的萤火虫。小小的火点儿动荡不定，忽隐忽现，仿佛要同天上和水中的那个大火点儿争光比辉。此时，宇宙间仿佛只剩下了我一个人。前面的鹏程万里，异乡漂泊；后面的亲老子幼的家庭，都离开我远远的，远远的，陷入一层薄雾中，望之如蓬莱仙山了。

但是，我到北平来是想办事儿的，不是来做梦的。当时的北平没有外国领事馆，办理出国护照的签证，必须到天津去。于是我同乔冠华就联袂乘火车赴天津，到俄、德两个领事馆去请求签证。手续绝没有现在这样复杂，领事馆的俄、德籍的工作人员，只简简单单地问了几句话，含笑握手，并祝我们一路顺风，我们的出国手续就全部办完，只等出发了。

回到北平以后，几个朋友在北海公园为我饯行，记得有林庚、李长之、王锦弟、张露薇等。我们租了两只小船，荡舟于荷花丛中。接天莲叶，映日荷花，在太阳的照射下，红是红，绿是绿，各极其妙，同那天清华园的荷塘月色，完全不同了。我们每个人都兴高采烈，臧否人物，指点时政，意气风发，所向无前，"语不惊人死不休"，我们真仿佛成了主宰沉浮的英雄。玩了整整一天，尽欢而散。

千里凉棚，没有不散的筵席，终于到了应该起程的日子。8月 31 日，朋友们把我们送到火车站，就是现在的前门老车站。当然又有一番祝福，一番叮嘱。在登上火车的一刹那，我脑海里忽然浮现出一句旧诗："万里投荒第二人。"

迈耶一家

迈耶一家同我住在一条街上，相距不远。我现在已经记不清楚，我是怎样认识他们的。可能是由于田德望住在那里，我去看田，从而就认识了。田走后，又有中国留学生住在那里，三来两往，就成了熟人。

他们家有老夫妇俩和两个如花似玉的女儿。老头同我的男房东欧朴尔先生非常相像，两个人原来都是大胖子，后来饿瘦了，脾气简直是一模一样，老实巴交，不会说话，也很少说话。在人多的时候，呆坐在旁边，一言不发，脸上却总是挂着憨厚的微笑。这样的人，一看就知道，他决不会撒谎、骗人。他也是一个小职员，天天忙着上班、干活。后来退休了，整天待在家里，不大出来活动。家庭中执掌大权的是他的太太。她同我的女房东年龄差不多，但是言谈举动，两人却不大一样。迈耶太太似乎更活泼，更能说会道，更善于应对进退，更擅长交际。据我所知，她待中国学生也是非常友好的。住在她家里的中国学生同她关系都处得非常好。她也是一个典型的德国妇女，家庭中一切杂活她都包了下来。她

249

给中国学生做的事情，同我的女房东一模一样。我每次到她家去，总看到她忙忙碌碌，里里外外，连轴转。但她总是喜笑颜开，我从来没有看到她愁眉苦脸过。他们家是一个非常愉快美满的家庭。

我同他们家来往比较多，还有另外一个原因。在我写作博士论文的那几年中，我用德文写成稿子，在送给教授看之前，必须用打字机打成清稿；而我自己既没有打字机，也不会打字。因为屡次反复修改，打字量是非常大的。适逢迈耶家的大小姐伊姆加德（Irmgard）能打字，又自己有打字机，而且她还愿意帮我打。于是，有很长的一段时间，我几乎天天晚上到她家去。因为原稿改得太乱，而且论文内容稀奇古怪，对伊姆加德来说，简直像天书一般。因此，她打字时，我必须坐在旁边，以备咨询。这样往往工作到深夜，我才摸黑回家。

我考试完结以后，打论文的任务完全结束了。但是，在我仍然留在德国的四五年间，我自己又写了几篇论文，所以一直到我于1945年离开德国时，还经常到伊姆加德家里去打字。她家里有什么喜庆日子，招待客人吃点心，吃茶，我必被邀请参加。特别是在她生日的那一天，我一定去祝贺。她母亲安排座位时，总让我坐在她旁边。此时，留在哥廷根的中国学生越来越少。以前星期日总在席勒草坪会面的几个好友都已走了。我一个人形单影只，寂寞之感时来袭人。我也乐得到迈耶家去享受一点儿友情之乐，在战争喧闹声中，寻得一点儿清静，这在当时是非常难能可贵的。至今记忆犹新，恍如昨日。

在这样的情况下，我离开迈耶一家，离开伊姆加德，心里是什么滋味，完全可以想象。1945 年 9 月 24 日，我在日记里写道：

吃过晚饭，7 点半到 Meyer 家去，同 Irmgard 打字。她劝我不要离开德国。她今天晚上特别活泼可爱。我真有点儿舍不得离开她。但又有什么办法？像我这样一个人不配爱她这样一个美丽的女孩子。

同年 10 月 2 日，在我离开哥廷根的前四天，我在日记里写道：

回到家来，吃过午饭，校阅稿子。3 点到 Meyer 家，把稿子打完。Irmgard 只是依依不舍，令我不知怎样好。

日记是当时的真实记录，不是我今天的回想；是代表我当时的感情，不是今天的感情。我就是怀着这样的感情离开迈耶一家，离开伊姆加德的。到了瑞士，我同她通过几次信，回国以后，就断了音信。说我不想她，那不是真话。1983 年，我回到哥廷根时，曾打听过她，当然是杳如黄鹤。如果她还留在人间的话，恐怕也将近古稀之年了。而今我已垂垂老矣。世界上还能想到她的人恐怕不会太多。等到我不能想到她的时候，世界上能想到她的人，恐怕就没有了。

1988 年

西谛先生

　　西谛先生不幸逝世，到现在已经有二十多年了。听到飞机失事的消息时，我正在莫斯科，仿佛当头挨了一棒，惊愕得说不出话来。我是震惊多于哀悼，惋惜胜过忆念，还有点儿惴惴不安。当我登上飞机回国时，同一架飞机中就放着西谛先生等六人的骨灰盒。我百感交集。当时我的心情之错综复杂可想而知。从那以后，在这样漫长的时间内，我不时想到西谛先生。每一想到，都不禁悲从中来。到了今天，震惊、惋惜之情已逝，而哀悼之意弥增。这哀悼，像烈酒，像火焰，燃烧着我的灵魂。

　　倘若论资排辈的话，西谛先生是我的老师。20 世纪 30 年代初期，我在清华大学读西洋文学系。但是从小学起，我对中国文学就有浓厚的兴趣。西谛先生是燕京大学中国文学系的教授，在清华兼课。我曾旁听过他的课。在课堂上，西谛先生是一个渊博的学者，掌握大量的资料，讲起课来，口若悬河泄水，滔滔不绝。他那透过高度的近视眼镜从讲台上向下看挤满了教室的学生的神态，至今仍宛然如在目前。

当时的教授一般都有一点儿所谓"教授架子"。在中国话里，"架子"这个词儿同"面子"一样，是难以捉摸、难以形容描绘的，好像非常虚无缥缈，但它又确实存在。有极少数教授自命清高，但精神和物质待遇却非常优厚。在他们心里，在别人眼中，他们好像是高人一等，不食人间烟火，而实则饱餍粱肉，进可以攻，退可以守，其中有人确实也是官运亨通，青云直上，成了令人羡慕的对象。存在决定意识，因此就产生了架子。

这些教授的对立面就是我们学生。我们的经济情况有好有坏，但是不富裕的占大多数，然而也不至于挨饿。我当时就是这样一个学生。处境相同，容易引起类似同病相怜的感情；爱好相同，又容易同声相求。因此，我就有了几个都是爱好文学的伙伴，经常在一起，其中有吴组缃、林庚、李长之等。虽然我们所在的系不同，但却常常会面，有时在工字厅大厅中，有时在大礼堂里，有时又在荷花池旁"水木清华"的匾下。我们当时差不多都才二十岁左右，阅世未深，尚无世故，正是天不怕、地不怕的时候。我们经常高谈阔论，臧否天下人物，特别是古今文学家，直抒胸臆，全无顾忌。幼稚恐怕是难免的，但是没有一点儿框框，却也有可爱之处。我们好像是《世说新语》中的人物，任性纵情，毫不矫饰。我们谈论《红楼梦》，我们谈论《水浒》，我们谈论《儒林外史》，每个人都努力发一些怪论，"语不惊人死不休"。记得茅盾的《子夜》出版时，我们间曾掀起一场颇为热烈的大辩论，我们辩论的声音在工字厅大厅中回荡。但事过之后，谁都不再介意。我们有时候也把自己写的东西，什么诗歌之类，拿给大家看，而且自己夸耀哪句是神来之笔，一点儿也不脸红。现在想来，好像是别人干的事，然而确实是自己干的事，这样的率真只在那时候能有，以后只能追忆珍惜了。

在当时的社会上，封建思想弥漫，论资排辈好像是天经地义。一个青年要想出头，那是非常困难的。如果没有奥援，不走门子，除了极个别的奇才异能之士外，谁也别想往上爬。那些少数出身于名门贵阀的子弟，他们丝毫也不担心，毕业后爷老子有的是钱，可以送他们出洋镀金，回国后优缺美差在等待着他们。而绝大多数的青年经常为所谓"饭碗问题"担忧，我们也曾为"毕业即失业"这一句话吓得发抖。我们的一线希望就寄托在教授身上。在我们眼中，教授简直如神仙中人，高不可攀。教授们自然也是感觉到这一点的，他们之所以有架子，同这种情况是分不开的。我们对这种架子已经习以为常，不以为怪了。

我就是在这样的气氛中认识西谛先生的。

最初我当然对他并不完全了解。但是同他一接触，我就感到他同别的教授不同，简直不像是一个教授。在他身上，看不到半点儿教授架子；他也没有一点儿论资排辈的恶习。他自己好像并不觉得比我们长一辈，完全是以平等的态度对待我们。他有时就像一个大孩子，不失其赤子之心。他说话非常坦率，有什么想法就说了出来，既不装腔作势，也不以势吓人。他从来不想教训人，任何时候都是亲切和蔼的。当时流行在社会上的那种帮派习气，在他身上也找不到。只要他认为有一技之长的，不管是老年、中年还是青年，他都一视同仁。因此，我们在背后就常常说他是一个宋江式的人物。他当时正同巴金、靳以主编一个大型的文学刊物《文学季刊》，按照惯例是要找些名人来当主编或编委的，这样可以给刊物镀上一层金，增加号召力量。他确实也找了一些名人，但是像我们这样一些无名又年轻之辈，他也决不嫌弃。我们当中有的人当上了主编，有的人当上特别撰稿人。自己的名字都惶惶然印在杂志的封面上，我们难免有些沾沾自喜。西谛先生对青年人的爱护，除了鲁迅先生外，恐怕并世无二。说老实话，我们有时候简直感到难以理解，有点儿受宠若惊了。

在这样的情况下，我们既景仰他学问之渊博，又热爱他为人之亲切平易，于是就很愿意同他接触。只要有机会，我们总去旁听他的课。有时也到他家去拜访他。记得在一个秋天的夜晚，我们几个人步行，从清华园走到燕园。他的家好像就在今天北大东门里面大烟筒下面。现在时过境迁，房子已经拆掉，沧海桑田，面目全非了。但是在当时给我的印象却是异常美好，至今难忘的。房子是旧式平房，外面有走廊，屋子里有地板，我的印象是非常高级的住宅。屋子里排满了书架，都是珍贵的红木做成的，整整齐齐地摆着珍贵的古代典籍，都是人间瑰宝，其中明清小说、戏剧的收藏在全国更是首屈一指。屋子的气氛是优雅典丽的，书香飘拂在画栋雕梁之间。我们都狠狠地羡慕了一番。

总之，我们对西谛先生是尊敬的，是喜爱的。我们在背后常常谈到他，特别是他那些同别人不同的地方，我们更是津津乐道。背后议论人当然并不能算是美德，但是我们一点儿恶意都没有，只是觉得好玩而已。比如他的工作方式，我们当时就觉得非常奇怪。他兼职很多，常常奔走于城内城外。当时交通还不像现在这样方便。清华、燕京，宛如一个村镇，进城要长途跋涉。校车是有的，但非常少，有时候要骑驴，有时候坐人力车。西谛先生挟着一个大皮包，总是装满了稿子，鼓鼓囊囊的。他戴着深度的眼镜，跨着大步，风尘仆仆，来往于清华、燕京和北京城之间。我们在背后说笑话，说郑先生走路就像一只大骆驼。可是他一坐上校车，就打开大皮包拿出稿子，写起文章来。

据说他买书的方式也很特别。他爱书如命，认识许多书贾，一向不同书贾讲价钱，只要有好书，他就留下，手边也不一定就有钱偿付书价，他留下以后，什么时候有了钱就还账，没有钱就用别的书来对换。他自己也印了一些珍贵的古籍，比如《插图本中国文学史》《玄览堂丛书》之类。他有时候也用这些书去还书债。书贾愿意拿什么书，就拿什么书。他什么东西都喜欢大，喜欢多，出书也有独特的气派，与众不同。所有这一切我们也都觉得很好玩，很可爱。这更增加我们对他的敬爱。在我们眼中，西谛先生简直像长江大河，汪洋浩瀚；泰山华岳，庄严敦厚。当时的某些名人同他一比，简直如小水洼、小土丘一般，有点儿微不足道了。

但是时间只是不停地逝去，转瞬过了四年，大学要毕业了。清华大学毕业以后，我回到故乡去，教了一年高中。我学的是西

256

洋文学，教的却是国文，用现在的话说，就是"不结合业务"，因此心情并不很愉快。在这期间，我还同西谛先生通过信。他当时在上海，主编《文学》。我寄过一篇散文给他，他立即刊登了。他还写信给我，说他编了一个什么丛书，要给我出一本散文集。我没有去稿，所以也没有出成。过了一年，我得到一份奖学金，到很远的一个国家里去住了十年。从全世界范围来看，这正是一个天翻地覆的时代。在国内，有外敌入侵，大半个祖国变了颜色；在国外，正在进行着第二次世界大战。我在国外，挨饿先不必说，光是每天躲警报，就真够呛。杜甫的诗"烽火连三月，家书抵万金"，我的处境是"烽火连十年，家书无从得"，同西谛先生当然失去了联系。

一直到了 1946 年的夏天，我才从国外回到上海。去国十年，漂洋万里，到了那繁华的上海，连个落脚的地方都没有。我曾在克家的榻榻米上睡过许多夜。这时候，西谛先生也正在上海。我同克家和辛笛去看过他几次，他还曾请我们吃过饭。他的老母亲亲自下厨房做福建菜，我们都非常感动，至今难以忘怀。当时上海反动势力极为猖獗。郑先生是他们的对立面。他主编一个争取民主的刊物，推动民主运动，反动派把他也看作眼中钉，据说是列入了黑名单。有一次，我同他谈到这个问题。完全出乎我的意料，他的面孔一下子红了起来，怒气冲冲，声震屋瓦，流露出极大的义愤与轻蔑。几十年来他给我的印象是和蔼可亲，平易近人，光风霁月，菩萨慈眉；我万万没有想到，他还有另一面：疾恶如仇，横眉冷对，疾风迅雷，金刚怒目。原来我只是认识了西谛先生的一面，对另一面我连想都没有想过。现在总算比较完整地认识西谛先生了。

有一件事情，我还要在这里提一下。我在上海时曾告诉郑先生，我已应北京大学之聘，担任梵文讲座。他听了以后，喜形于色，他认为，在北京大学教梵文简直是理想的职业。他对梵文文学的重视和喜爱溢于言表。1948年，他在他主编的《文艺复兴·中国文学专号》的《题词》中写道："关于梵文学和中国文学的血脉相通之处，新近的研究呈现了空前的辉煌。北京大学成立了东方语文学系，季羡林先生和金克木先生几位都是对梵文学有深刻研究的。……在这个'专号'里，我们邀约了王重民先生、季羡林先生、万斯年先生、戈宝权先生和其他几位先生们写这个'专题'。我们相信，这个工作一定会给国内许多的做研究的工作者们以相当的感奋的。"西谛先生对后学的鼓励之情洋溢于字里行间。

解放后不久，西谛先生就从上海绕道香港到了北京。我们都熬过了寒冬，迎来了春天，又在这文化古都见了面，分外高兴。又过了不久，他同我都参加了新中国开国后派出去的第一个大型文化代表团，到印度和缅甸去访问。在国内筹备工作进行了半年多，在国外和旅途中又用了四五个月。我认识西谛先生已经几十年了，这是我们相聚最长的一次，我认识他也更清楚了，他那些优点也表露得更明显了。我更觉得他像一个不失其赤子之心的大孩子，胸怀坦荡，耿直率真。他喜欢同人辩论，有时也说一些歪理。

但他自己却一本正经，他同别人抬杠而不知是抬杠。我们都开玩笑说，就抬杠而言，他已达到出神入化的境界，应该选他为"抬杠协会主席"，简称之为"杠协主席"。出国前在检查身体的时候，他糖尿病已达到相当严重的程度，有几个"+"号。别人替他担忧，他自己却丝毫不放在心上，喝酒吃点心如故。他那豁达大度的性格，在这里也表现得非常鲜明。

回国以后，我经常有机会同他接触。他担负的行政职务更重了。有一段时间，他在北海团城里办公，我有时候去看他，那参天的白皮松给我留下了难忘的印象。这时候他对书的爱好似乎一点儿也没有减少。有一次他让我到他家去吃饭。他像从前一样，满屋堆满了书，大都是些珍本的小说、戏剧、明清木刻，满床盈案，累架充栋。一谈到这些书，他自然就眉飞色舞。我心里暗暗地感到庆幸和安慰，我暗暗地希望西谛先生能够这样活下去，多活上许多年，多给人民做一些好事情……

但是正当他充满了青春活力，意气风发，大踏步走上前去的时候，好像一声晴天霹雳，西谛先生不幸过早地离开我们了。他逝世时的情况是什么样子，谁也说不清楚。我时常自己描绘，让幻想驰骋。我知道，这样幻想是毫无意义的，但是自己无论如何也排除不掉。过了几年就爆发了"文化大革命"。我同许多人一样被卷了进去。在以后的将近十年中，我是如临深渊，如履薄冰，天天在战战兢兢地过日子，想到西谛先生的时候不多。间或想到他，心里也充满了矛盾：一方面希望他能活下来，另一方面又庆幸他没有活下来，否则他一定也会同我一样戴上种种的帽子，说不定会关进牛棚。他不幸早逝，反而成了塞翁失马了。

现在，恶贯满盈的"四人帮"终于被打倒了。普天同庆，朗日重辉。但是痛定思痛，我想到西谛先生的次数反而多了起来。将近五十年前的许多回忆，清晰的、模糊的、整齐的、零乱的，一齐涌入我的脑中。西谛先生的一举一动，一颦一笑，时时奔来眼底。我越是觉得前途光明灿烂，就越希望西谛先生能够活下来。像他那样的人，我们是多么需要啊。他一生为了保存祖国的文化，付出了多么巨大的劳动！如果他还能活到现在，那该有多好！然而已经发生的事情是永远无法挽回的。"念天地之悠悠"，我有时甚至感到有点儿凄凉了。这同我当前的环境和心情显然是有矛盾的，但我无论如何也抑制不住自己。我常常不由自主地低吟起江文通的名句来：

　　春草暮兮秋风惊，秋风罢兮春草生；

　　绮罗毕兮池馆尽，琴瑟灭兮丘垄平。

　　自古皆有死，莫不饮恨而吞声。

呜呼！生死事大，古今同感。西谛先生只能活在我们回忆中了。

1980 年 1 月 8 日初稿

1981 年 2 月 2 日修改

260

园花寂寞红

　　楼前右边，前临池塘，背靠土山，有几间十分古老的平房，是清代保卫八大园的侍卫之类的人住的地方。整整四十年以来，一直住着一对老夫妇：女的是德国人，北大教员；男的是中国人，钢铁学院教授。我在德国时，已经认识了他们，算起来到今天已经将近六十年了，我们算是老朋友了。三十年前，我们的楼建成，我是第一个搬进来住的。从那以后，老朋友又成了邻居。有些往来，是必然的。逢年过节，互相拜访，感情是融洽的。

　　我每天到办公室去，总会看到这个个子不高的老人，蹲在门前临湖的小花园里，不是除草栽花，就是浇水施肥；再就是砍几竿门前屋后的竹子，扎成篱笆。嘴里叼着半支雪茄，笑眯眯的。忙忙碌碌，似乎乐在其中。

　　他种花很有一些特点。除了一些常见的花以外，他喜欢种外国种的唐菖蒲，还有颜色不同的名贵的月季。最难得的是一种特大的牵牛，比平常的牵牛要大一倍，宛如小碗口一般。每年春天开花时，颇引起行人的注目。据说，此花来头不小。在北京，只有梅兰芳家里有，齐白石晚年以画牵牛花闻名全世，临摹的就是梅府上的牵牛花。

我是颇喜欢一点儿花的。但是我既少空闲，又无水平。买几盆名贵的花，总养不了多久，就呜呼哀哉。因此，为了满足自己的美感享受，我只能像北京人说的那样看"蹭"花。现在有这样神奇的牵牛花，绚丽夺目的月季和唐菖蒲就摆在眼前，我焉得不"蹭"呢？每到下班或者开会回来，看到老友在莳弄花，我总要停下脚步，聊上几句，看一看花。花美，地方也美，湖光如镜，杨柳依依，说不尽的旖旎风光，人在其中，顿觉尘世烦恼，一扫而光，仿佛遗世而独立了。

但是，世事往往有出人意料者。两个月前，我忽然听说，老友在夜里患了急病，不到几个小时，就离开了人间。我简直不敢相信，然而这又确是事实。我年届耄耋，阅历多矣，自谓已能做到"悲欢离合总无情"了。事实上并不是这样。我有情，有多得超过了需要的情，老友之死，我焉能无动于衷呢？"当时只道是寻常"这句浅显而实深刻的词，又萦绕在我心中。

几天来，我每次走过那个小花园，眼前总仿佛看到老友的身影，嘴里叼着半根雪茄，笑眯眯的，蹲在那里，侍弄花草。这当然只是幻象。老友走了，永远永远地走了。我抬头看到那大朵的牵牛花和多姿多彩的月季花，它们失去了自己的主人。朵朵都低眉敛目，一脸寂寞相，好像"溅泪"的样子。它们似乎认出了我，知道我是自己主人的老友，知道我是自己的认真入迷的欣赏者，知道我是自己的知己。它们在微风中摇曳，仿佛向我点头，向我倾诉心中郁积的寂寞。

现在才只是夏末秋初。即使是寂寞吧，牵牛和月季仍然能够开花的。一旦秋风劲吹，落叶满山，牵牛和月季还能开下去吗？再过一些时候，冬天还会降临人间的。到了那时候，牵牛们和月季们只能被压在白皑皑的积雪下面的土里，做着春天的梦，连感到寂寞的机会都不会有了。

明年，春天总会重返大地的。春天总还是春天，她能让万物复苏，让万物再充满了活力。但是，这小花园的月季和牵牛花怎样呢？月季大概还能靠自己的力量长出芽来，也许还能开出几朵小花。然而护花的主人已不在人间。谁为她们施肥浇水呢？等待她们的不仅仅是寂寞，还是枯萎和死亡。至于牵牛花，没有主人播种，恐怕连幼芽也长不出来。她们将永远被埋在地中了。

一想到这里，我不禁悲从中来。眼前包围着月季和牵牛花的寂寞，也包围住了我。我不想再看到春天，我不想看到春天来时行将枯萎的月季，我不想看到连幼芽都冒不出来的牵牛。我虔心默祷上苍，不要再让春天降临人间了。如果非降临不行的话，也希望把我楼前池边的这个小花园放过去，让这一块小小的地方永远保留夏末秋初的景象，就像现在这样。

1992 年 8 月 30 日

表的喜剧

自己是乡下人，没有见过多大的世面，乡下人的固执与畏怯还保留了一部分。初到柏林的时候，刚走出车站，头里面便有点朦胧。脚下踏着的虽然是光滑的柏油路，但我却仿佛踏上了棉花。眼前飞动着汽车、电车的影子，天空里交织着电线，大街小街错综交叉着：这一切织成了一张有魔力的网，我便深深地陷在这网里。我惘然地跟着别人走，简直像在一片茫无涯际的大海里摸索了。

在这样一片茫无涯际的大海里，我第一次感觉到表的需要，因为它能告诉我，什么时候应当去吃饭，什么时候应当去访人。说到表，我是一个十足的门外汉。在国内的时候，朋友中最少也是第三个表，或是第四个表的主人。然而对我，表却仍然是一个神秘的东西。虽然有时在等汽车的时候，因为等得不耐烦了，便沿着街向街旁的店铺里张望，希望能发现一只挂在墙上的钟，看看时间究竟到了没有。但张望的结果，却往往是，走了极远的路而碰不到一只钟。即便侥幸能碰到几只，然而每只所指的时间，最少也要相差半点钟。而且因为张望的态度太有点近于滑稽，往往引起铺子里伙计的注意，用怀疑的眼光看我几眼。当我从这怀疑的眼光的扫射下怀了一肚皮的疑虑逃回汽车站的时候，汽车已经开走了。一直到去年秋天，自己要按钟点挣面包的时候，才买了一块表。然而只走了三天，它就停了。到表铺一问，说是发条松了，修理好了后不久又停了。又去问，说是针有毛病。修理到五六次的时候，计算起来，修理费已经超过了原价，但它却仍然僵卧在桌子上。我便下决心，花了相当大的一个数目另买了一块。果然能使我满意了。这表就每天随着我，一直随我坐上西伯利亚的火车。然而在斯托尔普塞换车的时候，因为急着搬行李，竟把玻璃罩碰碎了。在当时惶遽仓促的心情下，并不觉得是一个多大的损失，就把它放在一个茶叶瓶里，又坐了火车。当我到了这茫无涯际的海似的柏林的时候，我才又觉到它的重要了。

于是在到了的第三天，就由一位在柏林住过两年的朋友陪我出去修理。仍然有一张充满了魔力的网笼罩着我的全身。我迷惘地随了他走。终于在康德街找到了一家表铺。说明了要换一个玻璃罩，表匠给了我一张纸条。我只看到上面有黑黑的几行字的影子，并没看清是什么字。因为我相信，上面最少也会有这表铺的名字和地址；只要有名字和地址，表就可以拿回去的。他答应我们第二天去拿。我们就跨出了铺门。

第二天的下午，我不愿意再让别人陪我走无意义的路，便自己出发去取表。但是一想到究竟要到什么地方去取呢，立刻有一团迷离错杂的交织着电线的长长的街的影子浮动在我的眼前。我拿出那张纸条来看，才发现，上面只印着收到一只修理的表，铺子名字却没有，当然更没有地址。我迷惑了。但我却不能不找找看。我本能地沿着康德街的左面走去，因为我虽然忘记了地址，但我却模模糊糊地记得是在街的左面。我走上去，我把我的注意力集中到每个铺子的招牌上，每个铺子的窗子里。我看过各种各样的招牌和窗子。我时时刻刻预备着接受这样一个奇迹，蓦地会有一个表字或一只表呈现到我的眼前。然而得到的却是失望，我仍然走上去，康德街为什么竟这样长呢？我一直走到街的尽端，只好折回来再看一遍。终于在一大堆招牌里我发现了一个表铺的招牌。因为铺面太小了，刚才竟漏了过去。我仿佛到了圣地似的快活，一步跨进去。但立刻觉得有点不对，昨天我们跨进那个表铺的时候，那位修理表的老头正伏在窗子前面工作。我们一进去，他仿佛吃惊似的把一把刀子掉在地上。他伏下身去拾刀子的时候，我发现他背后有一架放满了表的小玻璃橱。但今天那架橱子移到哪儿去了呢？还没等我把这疑虑扩散开来，主人出来了，也是一位老头。我只好把纸条交给他，他立刻就去找表。看了他的神气，想到刚才自己的怀疑，我笑了。但找了半天，表都没找到。他用手搔着发亮的头皮，显出很焦急的样子。他告诉我，他的太太或者知道表放在什么地方。但她现在却不在家。让我第二天再去。他仿佛很抱歉的样子，拿过一支铅笔来，把他的地址写在那张纸条的后面。我只好跨出来，心里充满了疑惑和不安定，当我踏着暮色走回去的时候，对着这海似的柏林，我叹了一口气。

过了一个杂念缭绕的夜，我又在约定的时间走了去。因为昨天究竟有过那样的怀疑，所以走在路上的时候，我仍然注意每一个铺子的招牌和窗子里陈列的东西，希望能再发现一个表铺。不久，我的希望就实现了，是一个更小的表铺。主人有点驼背。我把纸条递给他；问他，是不是他的。他说不是。我只好走出来，终于又走到昨天去过的那铺子。这次老头不在家，出来的是他的太太。我递给她纸条。她看到上面的字是她丈夫写的，立刻就去找表。她比老头还要焦急。她拉开每一个抽屉，每一个橱子；她把每一个纸包全打开了；她又开亮了电灯，把暗黑的角隅都照了一遍。然而表终究没找到。这时我的怀疑一点都没有了，我的心有点跳，我仿佛觉得我的表的的确确是送到这儿来的。我注视着老太婆，然而不说话。看了我的神情，老太婆似乎更焦急了。她的白发在电灯下闪着光，有点颤动。然而表就是找不到，她又有什么办法呢？最后她只好对我说，她丈夫回来的时候问问看；让我过午再去。我怀了更大的疑惑和不安定走了出来。

当天的过午，看看要近黄昏的时候，我又一个人走了去，一开门，里面黑沉沉的；我觉得四周立刻古庙似的静了起来；我能听到自己的心跳动的声音。等了好一会儿，才见两个影子从里面移动出来。开了灯，看到是我，老头有点显得惊惶，老太婆也显然露出不安定的神色。两个人又互相商议着找起来；把每一个可能的地方全找遍了，但表却终究没找到。老头更用力地用手搔着发亮的头皮；老太婆的头发在灯影里也更颤动得厉害。最后老头终于忍不住问我了，是不是我自己送来的。这问题真使我没法回答。我的确是自己送来的，但送的地方不一定是这里。我昨天的怀疑立刻又活跃起来。我看不到那个放满了表的小玻璃橱，我总觉得这地方不大像我送表去的地方。我于是对他解释说，我到柏林还不到四天，不熟悉街道。我问他，那纸条是不是他发给我的。他听了，立刻恍然大悟似的噢了一声，没有说什么，很匆忙地从抽屉里拿出一叠纸条，同我给他的纸条比着给我看。两者显然有极大的区别：我给他的那张是白色的，然而他拿出的那一叠却是绿色的，而且还要大一倍。他说，这才是他的收条。我现在完全明白了我走错了铺子。因为自己一时的疏忽，竟让这诚挚的老人陪我演了两天的滑稽剧，我心里实在有点过意不去。我向他道歉，我把我脑筋里所有的在这情形下用得着的德文单字全搜寻出来，老人脸上浮起一片诚挚而会意的微笑，没说什么。然而老太婆却有点生气了，嘴里嘀咕着，拿了一块橡皮用力在我给她的那张纸条上擦，想把她丈夫写上的地址擦了去。我却不敢怨她，她是对的，白白替我担了两天心，现在出出气，也是极应当的事。临走的时候，老头又向我说，要我到西面不远的一家表铺去问问，并且把门牌写给我。按着号数找到了，我才知道，就是我昨天去过的主人有点驼背的那个铺子。除了感激老头的热诚以外，我还能说什么呢？

我沿着康德街走上去，心里仿佛坠上了一块石头。天空里交织着电线，眼前是一条条错综交叉的大街小街，街旁的电灯都亮起来了，一盏盏沿着街引上去，极目处是半面让电灯照得晕红了起来的天空。我不知道柏林究竟有多大；我也不知道我现在在柏林的哪一部分。柏林是大海，我正在这大海里飘浮着，找一个比我自己还要渺小的表。我终于下意识地走到我那位在柏林住过两年的朋友的家里去，把两天来找表的经过说给他听；他显出很怀疑的神情，立刻领我出来，到康德街西侧的一个表铺里去。离我刚才去过的那个铺子最少有二里路。拿出了收条，立刻把表领出来。一拿到表，我心里有说不出的感觉，我仿佛亲手捉到一个奇迹。我又沿了康德街走回家去。当我想到两天来演的这一幕小小的喜剧，想到那位诚挚的老头用手搔着发亮的头皮的神情的时候，对了这大海似的柏林，我自己笑起来了。

1935 年 12 月 2 日于德国哥廷根

星光的海洋

　　星光，星光，星光……

　　到处都是星光。

　　是星光的瀚海，是星光的大洋；是星光的密林，是星光的丛莽。有红，有绿；有白，有黄；有大，有小；有弱，有强；有明，有暗；有高，有低；有远，有近；有疏，有密。有的成堆，有的成行；有的排成一线，有的组成一方。瞻之在前，忽焉在后；光辉灿烂，绵延数十里；汪洋浩瀚，好像充塞了天地。有时候，这星光的海洋似乎已经达到了黑暗的边缘；我满以为，在此之外，已是无边无际的大黑暗了。然而，只要一转瞬，再往上一看，依然是一片星光。

　　星光，星光，星光……

　　到处都是星光。

　　是夏夜的星空从天上落到地上来了吗？是哪一个神话世界里的神灯从虚无缥缈的高天上飘到人间来了吗？我有点儿迷惑，有

270

点儿恍惚。有点儿好奇，有点儿糊涂。我注意探讨，仔细研究，猛然发现，这些都不是，都不是。这根本不是星光，而是绵延不断的灯光。

我抬头向上看，在这一片我原来误认为是星光的灯光上面，亮晶晶的一大片，大大小小的一群在那里眨着眼睛，那才是真正的星光。我低头向下看，看到星光和灯光在水面上的倒影，金光闪闪，像一条条的金蛇。原来就在我脚下，在我伫立的一个小小的山头的下面几十米深的黑暗处，从左边流来了嘉陵江，从右边流来了不尽长江滚滚来的长江。江声低咽，金波摇影。我现在不是在天上，而是在人间；不是在人间别的地方，而是在嘉陵江和长江汇流处的重庆。嘉陵江上通四川辽阔的地区，长江下达更辽阔的地区，一直通到大海。我正站在祖国的大地上，我眼前是重庆，是重庆的夜晚。眼前的一片星光是这座山城高高低低的山坡上的群灯。

在白天里，我曾在这一座山城里蜂房般的鳞次栉比的房屋的迷宫中漫游。我曾出出进进于大小商店之中，看点儿什么。买点儿什么。我也曾在大街上滚滚的人流中漫步，没有什么固定的目的。只是作为一个外地人，一个旁观者看看而已。我看玻璃窗里陈列的五光十色的商品，我看街旁菜摊上摆的有一些我叫不出名的菜蔬。我间或也能看到一些少数民族的妇女穿着花团锦簇颜色鲜艳的服装，头上和手上戴着的首饰闪闪发出银白色的光芒。我顾而乐之，忘记了时间的流逝。

最使我难忘的是我瞻仰的一些革命圣地。比如红岩、曾家岩、周公馆、桂园等。特别是红岩，更给我留下了永不磨灭的印象。我怀着十分虔敬的心情在这个革命圣地里走上走下，在那些大大小小的房间里瞻望。我的步履很轻很轻，我几乎屏止住了呼吸。我一向景仰的那些革命前辈仿佛还住在这里。我不敢放肆，我怕打扰了他们的清神。在院子里，虽然现在时令已是冬天，但是那些五颜六色的菊花却傲然凌霜怒放，显示出与众不同的骨气。最引起我注意的是一丛开着红色花朵的我不知道名字的蔓藤，红得像火焰，像朝霞，耀眼惊心。就在这红色花朵的旁边矗立着一棵高大的黄桷树。在那黑云压城、特务横行的日子里，在这棵大树的向外面的一侧是阴间。过了这棵树是红岩的主楼，就是阳间。因此，人民群众把这棵大树称作阴阳树。今天我来到了这棵树下，看到它枝干突兀腾跃，矫健挺拔，尖顶直刺灰蒙蒙的天空，好像把我的心情也带向高处。站在树下，我久久不想离去。今天我们全国人民都住在阳间，阴间已经消失得无影无踪了。我心头之兴奋可以想见了。也许是由于兴奋过度，我没有注意树上是否有灯。即使有的话，我也绝不会把灯光误认为星光。

眼前白天已经转入暗夜，我登上了长江和嘉陵江汇流处的三角洲头。白天看到的那些密密麻麻的大街、小巷、高楼、低舍，我都看不到了，都没入一片迷茫的黑暗中。我眼前看到的只有万家灯火，高高低低，前后左右，汇成了一片星光的海洋。

我当然不知道红岩、曾家岩、周公馆、桂园等都在什么地方。

我更不知道，那里现在是否都亮起了红灯。但是，我确信，在这一片灯光的海洋中，有几盏灯就是挂在那里的。红岩、曾家岩、周公馆、桂园，每一个窗口都会有闪亮的红灯让灯光流出，汇入这浩渺的灯光的海洋里。其中那最明亮、最高大的一盏一定是挂在阴阳树上。在它辉耀的光线的照耀下，我仿佛看到了大树下那些傲霜怒放的菊花，小红灯笼似的累累垂垂的花朵，衬托着碧绿的叶子，散发出无穷的活力。当年在这座黑暗弥天的山城里，那些向往光明的人们，特别是青年们，一定是望眼欲穿地望着阴阳树上的这一盏明灯而欣欣鼓舞。这明灯给他们以信心，给他们以勇气，给他们以方向，给他们以安身立命之地。他们终于在灯光的照耀下，慢慢地冲出黑暗，奔向光明。我那时虽然不在重庆，但是，我确信，一定是有这样一盏灯的，而这灯又必然是异常明亮，异常光辉灿烂的。

今天，弥天的黑暗已经永远消失了，光明降临到大地上。我来到了重庆，缅怀往事，心潮腾涌。我很后悔，为什么当年竟没能够来到这里，看一看红岩、曾家岩、周公馆和桂园等地，献上我的一瓣心香？现在，我站在两江汇流处的三角洲山头上，面对山城的万家灯火，五十年的往事一下子都涌上心头。回首前尘，唯余感慨；瞻望未来，意气风发。我完完全全沉浸在幻想之中。一转瞬间，眼前的万家灯火又突然变成了星光，这星光把我带到天上去，带到那片能抒发畅想曲的碧落中去。

星光，星光，星光……

到处都是星光。

1981 年草稿

1984 年 12 月 13 日修改于深圳

1985 年 1 月 15 日抄于燕园

自己的花是给别人看的

　　爱美大概也算是人的天性吧。宇宙间美的东西很多，花在其中占重要的地位。爱花的民族也很多，德国在其中占重要的地位。

　　四五十年前我在德国留学的时候，曾多次对德国人爱花之真切感到吃惊。家家户户都在养花。他们的花不像在中国那样，养在屋子里，他们是把花都栽种在临街窗户的外面。花朵都朝外开，在屋子里只能看到花的脊梁。我曾问过我的女房东：你这样养花是给别人看的吧！她莞尔一笑，说："正是这样！"

　　正是这样，也确实不错。走过任何一条街，抬头向上看，家家户户的窗子前都是花团锦簇、姹紫嫣红。许多窗子连接在一起，汇成了一个花的海洋，让我们看的人如入山阴道上，应接不暇。每一家都是这样，在屋子里的时候，自己的花是让别人看的；走在街上的时候，自己又看别人的花。人人为我，我为人人。我觉得这种境界是颇耐人寻味的。

　　今天我又到了德国，刚下火车，迎接我们的主人问我："你离开德国这样久，有什么变化没有？"我说："变化是有的，但是美丽

275

并没有改变。"我说"美丽"指的东西很多，其中也包含着美丽的花。我走在街上，抬头一看，又是家家户户的窗口上都堵满了鲜花。多么奇丽的景色！多么奇特的民族！我仿佛又回到了四五十年前，我做了一个花的梦，做了一个思乡的梦。

1993 年 12 月 13 日